U0540486

大
方
sight

拒绝所有的岸

Summa de Maqroll el Gaviero

Álvaro Mutis

瞭望员马克洛尔集

[哥伦比亚]阿尔瓦罗·穆蒂斯　著

龚若晴　译

中信出版集团|北京

图书在版编目（CIP）数据

拒绝所有的岸：瞭望员马克洛尔集：1947—2003 /（哥伦）阿尔瓦罗·穆蒂斯著；龚若晴译. -- 北京：中信出版社, 2023.9
ISBN 978-7-5217-5272-4

Ⅰ.①拒⋯ Ⅱ.①阿⋯ ②龚⋯ Ⅲ.①诗集－哥伦比亚－现代 Ⅳ.① I775.25

中国国家版本馆 CIP 数据核字 (2023) 第 141628 号

ALVARO MUTIS, AND HEIRS OF ALVARO MUTIS © 2008.
Simplified Chinese translation copyright © 2023 by CITIC Press Corporation
ALL RIGHTS RESERVED
本书仅限中国大陆地区发行销售

拒绝所有的岸——瞭望员马克洛尔集
著者： ［哥伦比亚］阿尔瓦罗·穆蒂斯
译者： 龚若晴
出版发行：中信出版集团股份有限公司
（北京市朝阳区东三环北路 27 号嘉铭中心 邮编 100020）
承印者： 浙江新华数码印务有限公司

开本：880mm×1230mm 1/32 印张：11.25 字数：202 千字
版次：2023 年 9 月第 1 版 印次：2023 年 9 月第 1 次印刷
京权图字：01-2020-0471 书号：ISBN 978-7-5217-5272-4
定价：69.00 元

版权所有·侵权必究
如有印刷、装订问题，本公司负责调换。
服务热线：400-600-8099
投稿邮箱：author@citicpub.com

目　录

早期诗作（1947—1952）　1

　　涨潮　3

　　三幕　5

　　安赫拉·甘比西　8

　　旅程　10

　　一首诗的演出　13

灾祸的元素（1953）　21

　　"204"　23

　　鱼的厌倦　26

　　马克洛尔的祷告　29

　　灾祸的元素　31

　　一个词　36

　　恐惧　38

　　骠骑兵　41

　　夜　48

　　三部曲　49

　　管弦乐团　53

　　伯沙撒的盛宴　57

　　失落之作　63

失落之作（1965） 67

阿门 69

夜 70

马蒂亚斯·阿尔德科亚之死 72

夜 74

清晨的裂缝 76

"美好的死……" 79

约见 81

城市 84

预约 86

库克船长之死 88

每首诗 90

告示 92

旅行短诗 94

曾有战斗 96

奏鸣曲 99

哀叹马塞尔·普鲁斯特之死 101

流亡 104

奏鸣曲 107

东方之歌 109

奏鸣曲 111

海外医院纪事（1973） 115

  医院宣讲 118

  海湾医院 121

  在河边 124

  瀑布 127

  二等车厢 129

  片段 131

  傲慢者医院 133

  住所 135

  马克洛尔的病祸 137

  示意图 139

  挽歌 145

讲述瞭望员马克洛尔某些难忘的幻觉，多次旅行中的某些经历，并对他最熟悉的一些古老物品进行分类。 149

  孤独 151

  搬运车 152

  连祷 154

商队驿站（1981） 157

  商队驿站 159

  五幅图景 167

  阿尔米兰特之雪　　170

  亚历山大·谢尔盖耶维奇之死　　174

  科科拉　　177

  选帝侯的梦　　182

  桑布兰之约　　186

  河口　　188

使者（1984）　　193

  迷失的缘由　　195

  孩子，你属于托勒密　　198

  加的斯　　200

  比亚纳葬礼　　203

  瞭望员来访　　211

  科尔多瓦的街　　219

  大诺夫哥罗德　　224

  阿尔罕布拉宫三部曲　　229

  阿拉库里亚雷峡谷　　237

  哈迪斯的消息　　241

十首艺术歌曲（1984）　　245

  其一　　247

  其二　　249

其三　阿尔蒂尔·兰波之碑　251

　　其四　克里特艺术歌曲　253

　　其五　255

　　其六　257

　　其七　259

　　其八　夜的艺术歌曲　260

　　其九　海的艺术歌曲　262

　　其十　莱奥·莱格里斯的回归　264

皇家编年史（1985）　267

　　你的王国如同果实　269

　　天主教国王堂费利佩二世四十三岁像，
　　　　桑切斯·科埃洛所作　272

　　埃斯科里亚尔的四支夜曲　275

　　回到费利佩二世女儿
　　　　卡塔利娜·米凯拉公主的肖像　281

　　葬礼手记　283

一份致敬与七支夜曲（1986）　289

　　致敬　聆听马里奥·拉维斯塔的音乐后　291

　　七支夜曲　295

散诗 317

  葡萄赞 319

  约定 321

  万物自然史 324

  雨的来访 329

  诅咒聪明人的歌谣 331

  龙舌兰的赞歌与标志 334

  与马里奥·卢齐相遇 337

  阿米尔巴尔 339

  乱剑一般 343

  如果你听到水流声 345

  我有时觉得…… 347

早期诗作

(1947—1952)

涨潮

黎明河水上涨，来自荒野的巨木在晨光中轰响。

褐色水面漂来熟透的橘子，大张着嘴的牛犊，稻草棚顶，湍流挟卷中叫嚷的鹦鹉。

我起身上桥。靠着锈红的金属栏杆，看混杂的队伍顺流而下。等一个永远不会来的奇迹。

随着水中的物产骤显丰富，我的记忆也开始倾泻。

我曾到过香脂雪松的信徒常光顾的地方，路过香气、废屋、童年曾落脚的旅馆、脏兮兮的火车站、等候室。

一切汇聚于此，持续涨潮的河水所拍打的炎热土地：炭工的喜悦、蒸馏器的烟雾、高地的歌、缀在路上的雾、牛群的热气、奶牛光明饱满的粉色乳房。

苦痛的声音议论着途经的尸体、鞍具、满眼忧愁的动物。

魔灵洞穴中栖息的蝙蝠尖叫逃窜，停挂在旋荚印加豆的树杈或落在刺桐的枝干上。来势汹汹的淤泥冲没它们的居所，将之惊扰。

它们不停呼喊，庄重请求黑夜的到来。

水声牵动着心，将它摔在风中。童年归来……

噢，斗篷般厚重的青春！

已逝岁月的浓烟掩着可怜的灰烬。

风的清新宣告午后到来。它疾速掠过我们，在"刀锋山"[1]的树上留下繁密的印记。

夜晚到来，河水仍在呻吟，伴着众多货物脚步汹汹。

被肆虐的泥土的气息弥漫在屋里每一个角落，木头轻柔地吱呀作响。

有时，一株夜间赶路的巨树以撞击石头的轰响宣告其经过。

天很热，床单粘在身上。在睡意的笼罩下，我再次踏上前往意料之外的旅途，伴我的涨潮为我翻动世上最隐秘的果实。

1945—1947

1　应指哥伦比亚首都波哥大附近的山峰。

三幕

致路易斯·卡多萨-阿拉贡[1]

I

军营的夜晚寒冷孤寂,

看护它奇异的孩子。

院里沙子打着旋儿,

消失在天空深处。

房间里,上尉祷告着,

忘却旧时的罪,

而他的狗

对着紧绷的鼓面撒尿。

武器室里,一只燕子不眠不休看管着

上了油的刺刀。

---

[1] 路易斯·卡多萨-阿拉贡(Luis Cardoza y Aragón, 1904—1992),危地马拉作家,后流亡墨西哥。

古老的骠骑兵复活,

对抗白昼的金色蝗虫。

慈悲的雨激醒了

巡视的哨兵冻僵的脸。

战争的蜗牛继续它无止的窸窣。

II

这家曾有杀手下榻的旅馆,

这个瞳孔中有蓝色云朵的杂技之家,

这台制造栀子花的精密仪器,

这只笨拙飞舞的深色蝴蝶,

这群驼鹿,

一起旅行许久

却从未成为朋友。

或许它们组成一个不可告人的梦的行伍,

或是为了驱散我身上

能为死者解缚的光润的平和。

III

一支巨大石笛
指明牺牲的地方。
两片平静的海之间,
众神广袤柔软的植被
保护你无量的声音,
它能震碎玻璃,
侵入废弃的体育馆,
在海滩上播种桉树。
在你军队扬起的尘土中
将诞生一个冠着荨麻的沉醉星球。

        1947

安赫拉·甘比西

I

可以肯定地说那些不透风卧室中黄水环绕的船只是为了给这个女人传递奔涌热血的信息　无源的干燥疾风般澎湃激情的标志　然而它们无法盛下如此多困顿无眠的童年日子　那里这位出色雌性的记忆被播撒在白色砖瓦和潺潺流水与仓促的痛苦中　流泪哨兵的孤独之疠风摧毁蚂蚁的道路　远远抛下其警戒之力　以验证商人们的妻子在林中点亮的光的范围！

II

福音，福音，福音，

苦涩星期二

炮击塞萨洛尼基[1]的港口,

医院走廊中的匆忙奔跑,

长枪圣母祭坛的粉色台阶上

执事长的被刺。

掀开衣服的女性

裸露着性器呻吟

她们臀部的光

是征服之力。

1948

1　希腊城市,旧译作帖撒罗尼迦。

旅程

我不知是否在别处提起过我曾驾驶的列车。但无论如何，这段经历非常有趣，现在我想谈谈那份工作的职责是什么，而我又是如何履行的。

列车每年 2 月 20 日离开荒原，在 12 月 8 日至 12 日间抵达目的地——炎热土地上一片避暑地的小车站。全程 122 公里，大部分时候都向下穿行在覆满桉树、云雾缭绕的山峦中。（我常感到不解，人们竟不用这般美丽馥郁的树木来制作小提琴。十五年间我一直驾驶这趟列车，每每穿过桉树林，都能愉悦地听见起伏的音阶唤醒粉色的火车头。）

驶入温带，当第一批香蕉树丛和咖啡园出现时，列车也开始加速。我们迅速穿过广阔的牧场，那里放牧着漂亮的长角牛群。红苞茅牧草的香气一路跟随，直至轨道尽头。

列车由四节客厢和一节守车组成，都漆成金丝雀的黄色。车厢间没有阶级划分，但每节车厢总被特定的人群占据。第一节是老人和盲人;第二节是吉卜赛人和形迹可疑的年轻人,间或还有为即将结束的疯狂青春守寡的女人;第三节是资产阶级的夫妇,牧师和马贩子;最后第四节里是恋爱的情侣,无论是新婚夫妇还是脑子一热就离家出走的年轻男女。快走到列车尽头时,能听到最后一节车厢里传来不止一处的啼哭声。晚上,伴着铁轨催眠的轰响,母亲们哄着孩子,而年轻的父亲在平台上抽烟,谈论各自同伴的优点。

在我记忆中,第四节车厢的音乐总与一片种植多汁刺果番荔枝的土地的炎热气候融为一体,那里目光沉稳、步履轻缓的漂亮女人在夜间的欢宴上斟倒甘蔗汁。

我经常埋葬死者。无论是突然去世的老人,还是第二节车厢里被同伴毒死的善妒年轻人。每次下葬后,我们都会原地停留三天,在列车的守护神——克里斯托弗·哥伦布的像前守灵与祷告。

每当第二车厢的旅客或第四车厢的情侣间爆发嫉恨的冲突,我都会停车解决争端。恋人要么和好,要么永远分开,但都会遭到其他所有乘客的严厉责备。这并非小事,滞留在冰冷的荒野或灼热的平原上,被阳光照得双目干涩,听着最有失体面的糟糕言语,目睹最庸俗的亲密关系,就像在双面镜中照见我们身上隐秘流过的无声悲剧,只有膝盖的颤抖或胸口的热意将它揭示。

车次从不预先公布。知晓列车存在的人会在出发前一两个月就住进车厢,这样一来,到了二月底,只需再等来几对面红耳赤、匆匆赶到的情侣或眼神混浊、轻声细语的吉卜赛人,便可以出发了。

有时,由于高架桥倒塌,我们不得不忍受长达数周的延误。激流声日夜惊扰我们,最大胆的旅客跳入其中洗澡。通路修好,旅程就继续。每个人都在湍急的瀑布旁留下记忆的快乐天使,瀑布的声音从未改变,多年后的某天,突然将我们惊醒在午夜。

一天,我疯狂爱上一位旅途中丧偶的美丽姑娘。列车到站,我就和她一起逃跑了。经过艰苦跋涉,我们定居在大河边。我在那里工作多年,向水域盛产的紫色鱼类的捕捞者收税。

至于列车,我知道它最终被遗弃了,只用来满足避暑者的热望。葱郁缠绕的藤蔓植物侵占了车厢,蓝鹀在火车头和守车中筑巢。

1948

一首诗的演出

查兰加[1]演出结束,演奏者困倦地收拾乐器,借着傍晚最后一丝光线整理好曲谱。

消失在街道的黑暗中前,一些观众对音乐会发表了看法。有人审慎严谨、表达清晰,有人满怀青春的激情——他们小心维持了一下午,只为让它此刻在暮色的烟火中熠熠生辉。还有人带着过分的确信,声音里却隐约显出一块名为冷漠的巨大幕布,他们所有姿态和话语都投射其上。

广场渐空,在无边的黑暗中显得极为宽广。喷泉的水声突显了等待与焦躁,后者平缓地笼罩四周。

远处开始传来野蛮的音乐。这种行星的咆哮声从夜的深处浮现,在灵魂底部拔起被遗忘的激情搏动的根茎。

由此开始。

1　查兰加(Charanga),西班牙和西语美洲地区的一种乐团形式,由打击乐和管乐组成。

报幕

一切都已完成。所有可能的音乐都被播放。所有乐器都由独奏者完成些许排演。无序而温凉的夜即将遮盖我们，必须以抓住其精髓的歌来迎接它。织成这首歌的是那些延伸至逝去之日最纤薄边缘的线，那些最紧绷的长线，那些最古老的，仍被携带的线，如同雨中的电报线，早被遗忘的新鲜的晨间消息。

让我们寻找最古老的词语，最新鲜靓丽的语言形式，必须用它们说出最后一幕。用它们来告别一个世界——它沉入未来最终的古怪混乱。

但是，让我们给这些词语染上混乱那壮阔有益的阴影。不是目前为止用来吓唬孩童诗人的那种家常小混乱。不是噩梦特有的混乱，它们连贯产生，天真地想为我们预防即将到来的巨大混沌。

不。让我们涂抹明日便会陷没的无序之物。

就像法老，必须在口中备好最美的词，让它们陪伴我们穿过黑暗的世界。在这可怕而永恒的时刻里，它们会用日常的滑腻程式做些什么？后者也许只会无用地拖累，减缓行进的速度，剥去它的势头。

为防止类似情况如今发生在我们身上，最好揭露一些事物的本质，它们至今仍被我们过于信任地使用，出现在市场反复售卖的天真配方中。

死亡

让我们不要虚构它的水域。也不要笨拙尝试演算它优美的河道，隐秘的缓流。成为它的熟人也没用。让它回归最古老真实的存在。用昔日的祷词崇拜它，它复杂的道路将再次为人知晓，它繁绕的盲城仍令我们着迷，那里寂静培育出液体的香料。巨大的鸟将重新出现在我们头顶，它们转瞬即逝的影子轻柔地遮蔽我们的眼睛。脸庞裸露，皮肤紧贴着支撑五官的骨架，对死亡的信赖将会回归，照亮我们的日子。

恨

我们用来治疗其伤口的绷带在一旁脏乱地垒成一堆。让伤口裸露的唇缘在正午净化的阳光下颤动。让风撕裂皮肤，在广袤之地的随性旅行中带上我们的碎片。让我们种下搏动着恨意的高大花株。将它的种子撒向四方。怀抱收成，我们将进入白色回廊的第一扇大门。

不要再有恨的赝品：对不义的恨，对人类的恨，对形式的恨，对自由的恨，让我们看不到真正的恨那洁净一切的巨大面具，那恨封住我们的牙齿，让眼睛凝视虚无——我们某天终将迷失的地方。它会为这支歌提供最好的声音，在顶部维系永久架构的词语。

人

他骨子里的笨拙，陈腐无用的姿态，错误而顽固的欲望，他的"无处可归"，已经封闭的对交流的渴望，持续的可笑旅行，饥饿猿猴般的耸肩，一贯的怯懦笑声，连串的贫薄激情，万无一失的跳跃，温热孱弱的脏腑，所有日常的小和谐，他必须将歌唱作为核心的动力。

不要害怕这种努力。几个世纪以来，有些人取得了漂亮的成功。不要介意为此迷失，变得奇怪，离开道路，坐下看大部队经过，眼中带着浓浓的酒意。这不重要。

野兽

你们要创造野兽！编撰它们的故事。修琢它们的巨爪。

磨砺它们弯曲坚韧的喙。给它们演算完毕的安全路线。

哎！那些没有留存动物寓言集，让它们为某些时刻增色并在未来陪伴我们的人！

让我们扩展野兽的领地。让它们进入城市，在被炸毁的建筑、爆裂的下水道、纪念被遗忘日期的无用塔楼中寻求庇护。让我们进入野兽的王国。我们的生命取决于它们的声望。它们将撕开我们最好的伤口。

旅行

必须去发现新的城市。高贵的种族等待着我们。谨慎的侏儒。丛林中毛发稀疏的油腻印第安人，如同沼泽中的蛇一样无性而柔软。世上至高冰原的居民，为雪的震颤而担惊受怕。广袤冻土上的弱小居民。畜群的放牧者。在海中央生活了数个世纪的人从不为人所知，因为他们总朝着与我们相反的方向航行。最后一滴光辉有赖于他们。

地球上还有重要的地方等待发现：海洋用以呼吸的巨大管道，无处可归的河流死去的海滩，用来制作蟋蟀喉咙的木头生长的森林，深色蝴蝶将要逝去的地方，它的绒毛翅膀有罪恶干草刺眼的颜色。

再次探索与发明。还有时间。虽然很少，是的，但必须利用它。

欲望

有必要为欲望创造一种新的孤独。纤薄岸边的广阔孤独，那里欲望的沙哑之声蔓延开去。让我们再次打开所有快乐的血管。让那高高的泵跳动起来，无论朝向什么地方。什么都还未做完。当我们正在行进，有人在路上停下整理衣服，身后所有人都也停下。我们继续前进吧。还有干涸的河床，壮阔的水流仍可经过。

记住我们说过的那些野兽。它们可以在为时已晚之前帮助我们，查兰加以刺耳的音乐再次搅浑天空。

尾声

穿过夜色的火车沉闷的汽笛声。缓缓升向苹果色天空的工厂烟雾。奇异地冷却街道的最初灯光。让人想要散步的时刻，散步直至温顺落入夜色边缘。寻找廉价旅馆的困倦旅人。被夏日的油腻糊住的窗户关上时的撞击。淹没在喉咙里的喊声，在嘴里留下一种苦涩的味道，近似于愤怒或强烈的欲望。教室黑板写满淫秽的词语,阴影将擦去它们。世界的模糊外壳压灭夜色深处传来的音乐,这音乐不断靠近,似乎要用强大的实体将我们淹没。

什么都没有发生。

1952

灾祸的元素

(1953)

致费尔南多·洛佩斯

"204"

I

你听,你听,你听

酒店的声音,
未打扫的房间,
铺着老旧猩红地毯的阴暗过道里的谈话
黎明时出现的侍者在那匆匆走过,像受惊的蝙蝠

你听,你听,你听

楼梯上的低语;厨房传来的声音——那里酝酿着食物的酸气,很快就弥漫开去——电梯的嗡嗡声。

你听，你听，你听

"204"的漂亮房客，伸展肢体，呻吟着，在床上摊开她寡居的赤裸。她身上散发出雨后原野的温凉雾气。

噢！她的夜招展而过，如运动场上的旗帜。

你听，你听，你听

水滴在洗手池和遍布湿臭苔藓的台阶上。唯有一片阴影，一片温凉密实的阴影，笼罩一切。

这些石板——当正午将钱币撒在腌臜的地面——它庞大的白色身躯知晓如何移动，顺从丘脑的论争，了解最繁绕的道路。水会洗去污秽，重塑欲望的泉。

你听，你听，你听

充满活力的旅人，她推开窗，呼吸街上的空气。一个游手好闲的男人从面前的人行道上对她吹口哨，而她以身体的颤抖回应这匿名的呼唤。

II

从荨麻到冰雹

从冰雹到天鹅绒

从天鹅绒到便盆

从便盆到河流

从河流到苦涩的水藻

从苦涩的水藻到荨麻

从荨麻到冰雹

从冰雹到天鹅绒

从天鹅绒到酒店

你听,你听,你听

房客的晨祷

她的呼号回荡在过道

惊醒沉睡的人,

"204"的呼号:

主啊,主啊,你为何离弃我!

鱼的厌倦

我们不必操心故事从哪里重新开始。比方说,就从我在加勒比一个隐蔽可怜的港口当跨大西洋航运的警卫时说起。我的新工作一点也不稀奇,有时非常无聊,我丰厚的薪酬来自某些果实,它们的果核在午后散发出胡薄荷一样的香气。

叙述声从某些角落淌出——即使我想,也没法带你们去,而且,反正那里也乏善可陈。

船只总需要警卫。当人去船空,从船长到最后一个司炉都离开,而游客也下船去散步和活动双腿时,得有一个人留在那,确保淡水不受污染,或是温度计里的酒精不在午后的盐里蒸发。

我完全明确自己的职责,巡视所有可能躲藏着饥饿的信天翁、糙皮病或长着深色毛绒翅膀的蝴蝶——它们扇动最广袤的苦难——的地方。船长们将平面图托付给我,白色帆船或供牙齿掉光的老人放纵狂欢的快艇,我则从中解析任何可疑的地点或恐怖巢穴的迹象。

借助椰树的汁液、圣礼拜五[1]黎明在海滩收集的沙子、在南马勒孔死于斑疹伤寒疫病的老水手的衬衫与其他我不再记得的东西，我清理因蜜和祭祀而混浊的牛眼，以及挂着鲜艳条幅的无线电塔。

我每天工作不超过五个小时，也从来不让顶着疲惫黑眼圈回来的旅客看见我。

一天下午，我靠在船尾栏杆上，目睹了一位臀胯收藏家死在一个老烟草贩的手里。几条苍白的皮肉挂着他的头在胸前摇摆，就像被昆比亚舞的光芒照亮的南瓜。最后的荫翳遮住他的眼睛，我不得不负责埋葬尸体。我用大片水藻掩盖它，没有泄露一丝臭味。

我在这个港口工作多年，久到忘记那些野兽的优点。它们后来陪我走过高地的朝圣，那是四十元素的调和者居住的地方。

在我最精心看护的船只中，有一艘是在都柏林注册的。它看起来脏兮兮的，稍显笨重，但满是有益健康的植物和漂亮女人的踪迹。

我在仓库堆满成捆羊毛、矿工饱食膨脖的沉重氛围中过夜。一个又一个升起的太阳看见我躺在海滩上。星星从不

---

[1] 即耶稣受难日。

出现在这个纬度。行星总让我厌恶。天亮时,大型凤头鹦鹉飞过,宣告船只的到来——它们灰色的眼睑下睡眼惺忪,总是哭号自己贫乏的色欲。这些奇异的鸟儿从未失约。船一触岸,我的仆人就来叫醒我。我昏昏沉沉,匆忙整理睡皱的衣服就出发。我这么说是要替自己辩护,因为有人曾试图指控我不负责任,明显是想妨害我的工作——其内容是大批招待高贵的生灵,以及陷入无尽旅程之乐的独特造物。

下次,我会讲讲我可耻的逃跑和随之而来的惩罚。

马克洛尔的祷告

你曾走过肉身的街道。

——勒内·克勒韦尔[1]《巴比伦》

以下并非瞭望员马克洛尔的完整祷词。

我们只摘录了最精彩的部分,推荐朋友们每天阅读,可有效治疗不虔之心与无故的愉悦。

瞭望员马克洛尔说道:

主啊,惩罚那些崇拜软蛇的人!

让众人将我的身体视为你恶名的不竭源泉。

主啊,让海中的井干涸吧,那里鱼群交配却无法繁衍。

洗净军营的院落,监管哨兵黑色的罪。主啊,在马群中生养你词语的愤怒和无情老妇的痛苦。

拆解玩偶。

---

1 勒内·克勒韦尔(René Crevel, 1900—1935),法国超现实主义作家。

点亮小丑的卧室,哦,主啊!

为何给等候室里布道的破布狮身人面像注入无耻的欢乐微笑?

为何夺走盲人的手杖?他们借之撕开黑暗中侵扰他们的欲望的浓密长绒。

为何阻止丛林进入公园,吞噬那些乱伦者和掉队的情侣在节日午后走过的沙路?

哦,多产的主!以你亚述人的胡须和长满老茧的手,施行公共泳池的赐福与随后无罪少年的沐浴吧。

哦,主啊!请接受这位注视着你的祈求者的荣耀,并赐予他恩典,让他得以靠在一栋恶名昭彰的房子的台阶上,裹着城市的尘埃死去,并被苍穹中的众星照亮。

主啊,请记住,你的仆人耐心遵守了族群的法则。不要忘记他的脸。

阿门。

灾祸的元素

1

一个被分心或匆忙占据的旅馆房间,即将向我们展露它预言家的宝藏。高傲的掷弹兵,华丽的"神射手"[1],被暴徒刺杀的国王——尸体叉腿坐在车上,仓促间染上血迹,1 900 阿尔戈斯人胸与臀的诱人裸露,旅行社遗漏的笔记与淫画。这片土地气候炎热,植被的树干柔软,叶子长着银色的茸毛。这里的一间旅馆客房,窗户的暗淡锈迹后每每掩藏着全新的收获。

1　Bersagliere,原义特指意大利 19 世纪组建的神射手部队。

2

它不会等我们彻底清醒。午夜过后,伴随两辆卡车飞速穿过村庄的巨响,一架小小点唱机的音乐远远淌来。它缓慢绵长,将我们带回意外的汗水与酸涩气息的岁月,每天在峭壁间冰冷湍急的河水里洗澡的时光。突然,音乐戛然而止,只留下敦实冰凉的昆虫在沉闷痛苦中嘶哑地挣扎,直到黎明突如其来的一击将它打倒。

3

他的身体并无特别之处。甚至脱下衣服也无望看见令人意外的匀称。他脸上是宽大的颧骨,大而黑的水润眼睛,腐烂果实一般张开的大嘴,忧郁笨拙的舌头,头发像士兵的怒骂一样狂野凌乱,遮住狭窄的额头。仅此而已,只是突然注意到他的脸,在两个无名车站间穿梭的列车上。当时他正下车,去咖啡园开始早上的清扫工作。

4

那些战士,兄弟啊,那些战士穿越不同的国家和气候,脸上沾满鲜血和尘土，带着死亡留下的僵硬麻木。那些战士被等了许多年，他们狂暴的马队在午夜将我们掀下床，去远远遥望马饰的光彩消失在星空下的远方。

那些战士，兄弟啊，就是我说过的那些梦的战士。

5

男人们倚着咖啡袋和商品闲聊的低语，回忆起多年前被占有的女人时的放声大笑，缓慢细致地讲述奇闻逸事和深刻的罪行，一种笨拙的沉默蔓延到这些声音上，像一张厌倦的灰毯，被反复抚弄的历险区……一切都是难忘的不眠夜的原因。

6

牛犊的苦胆污染了黎明搏动的白色肌腱。

7

一架玩具水上飞机，由松软轻盈的浅木雕成，降落在平静混浊的宽阔河面。它甚至没有摇晃，保持着飞机到达热带雨林时获得的那种坚定的白色优雅。它的平稳航行不会带出尾流，多么安静。它将无畏地死在一片冰冷汹涌的海中。

8

我说的是棺材，散发着仓促加工的青松香气，它们装载的躯体柔软湿润地腐烂，它们新鲜木头的开裂声，如醉酒猎人的枪响般惊扰夜晚的墓堂。

9

当研磨机停下，只剩浓稠的蜜从底部冒出气泡。起沫的酸甘蔗汁的缸底，一只蟋蟀鸣叫。一场午睡的噩梦就此结束，这午睡令人喘不过气——咖啡园青翠明亮的穹顶积聚热意，唤起陌生而急切的欲望将之击伤。

10

外头，翱翔着一只在风的无垠空旷中沉睡的鸟，惊动辽阔的海。

它的翅膀羽毛参差，但深沉可靠，带来预兆。

坚韧的鸟喙紧闭，数着如汹涌黏稠的灰色潮水般袭来的年岁。

11

笼罩夜城的红云之上，寻找床榻之人的辛劳声响之上，一群自由的野兽轻盈安静地飞过。

它们玫瑰色的喉咙里安放着最终确定的呼喊。那些休憩之人盲眼的寂静升到如此的高处。

12

大河的徐缓能量令人惊叹。它们棕色的河水将元素散播在丛林中遍布的沼泽，那里生长着最贪吃的鱼和柔软温顺的蛇。那里一群高大的雌性赤身裸体，有着光滑的脊背和分离的坚硬牙齿——她们用它咬碎日子的坚硬石块。

一个词

当生活中突然冒出一个从未说过的词,

稠密的潮水将我们挟卷怀中,开始一场新生魔法中的漫长旅程,

就像在墙壁覆满苔藓的空旷废弃机库里,突然响起尖啸,

在废墟里栖息的被遗忘生物的锈迹中,一个词就足够,

只要一个词,缓慢的舞蹈就开始,带我们穿过城市厚重的尘土,

来到一个黑黢黢的疗养院的彩窗前,来到满是油烟的院子,那里居住着浓密的影子,

潮湿的影子,为疲惫的女人注入生命。

这些角落并不栖居任何真理,然而出现一种无声的恐惧

将生活注满陈醋的气味,这醋在一间愉悦的卑贱房子湿润的储藏室中流淌。

这并非全部。

还有对炎热地区的征服,那里昆虫注视着农田守卫的交媾,他们的声音消失在无边的甘蔗园里,垄沟里的水快速流过。

还有不起眼的爬行动物,洁白光滑。

哦,不眠的守卫,不知疲倦地敲打油罐

吓跑那些勤勉的昆虫,是它们将黑夜送来,作为对守夜的承诺!

这些事很快就被遗忘在海的路上。

如果一个女人等待着,张开她结实的白色大腿,如百年的刺桐树繁茂的枝条,

那这首诗就走到终点,这单调的哀歌不再有意义

——它来自混浊的源头,总是从罪恶的体操运动员疲惫的身体中获得新生。

只要一个词。

一个词,就会开启

丰饶苦难的舞蹈。

恐惧

绞亡者的旗帜，木桶的暗号，绝望的头领，鸡奸的执事，黄昏来到我吊床前的深色凉鞋。

恐惧就在此时进场。

夜晚渐渐冷却锌皮屋顶、瀑布、机器传送带、寡淡蜜糖的酸涩沉淀。

总之，一切都在它的精明掌控下。白日的枯萎气息飘上露台。

一片翎羽逃开，造访其他地区。

冷意流经最隐秘的房间。

恐惧开始舞蹈。远方传来轻柔的弧光灯的嗡响，行星的喧动。

一位被遗忘的神看着草叶生长。

一些回忆侵入我，感受却痛苦地逃离：

灰烬温凉的海滩，黎明时的广阔机场，无尽的告别。

阴影升起一座沉醉的惊恐之柱。刺桐开始不安。

我只能听懂几个声音。

科科拉山谷绞亡者的声音，不知为何覆满香蕉叶的海滩上饿死的老矿工的声音；拉奥萨峡谷中被发现的女性遗骨的声音；住在榨糖机火炉里的鬼魂的声音。

我身后是一炷烟，一棵根系燃烧的繁茂大树。

我活在孤独的城市，蟾蜍在那里干渴而死。我开始了解以透明词语叙述的朴素奥秘。

我永远围绕在这位已逝的船长身边，他有着钢铁的发丝。属于我的是这些地区，是这些筋疲力尽的梦之家。人们家里不会传来有益的声音，减轻我所有跟从者的痛苦。

他们的痛苦溢散，像成熟人心果的浓郁芳香。

清醒突然到来，毫无意义。恐惧疾速滑过，

回来时带着排山倒海的新能量。

呷着苦难的生活；苦涩的啜饮深深刺痛，将我们突然攫住。

早晨充满声音：

来自火车

校车

城区电车

阳光下摊开的温暖毛毯

帆船

三轮车

渎神圣母像的小贩

学院四楼

公园

客栈的几个房间

以及恐惧日间栖居的其他地方。

骠骑兵

致卡西米罗·艾格尔[1]

I

在熟知他名字与哒哒马蹄声的城市里
他被称为列车的大天使,
公园长椅的维护者
柳树的愤怒。

他力量的雾散开——他暴躁盛欲之声名的浓烟——他的刀刃被铁锈与孤独侵蚀,在前厅里黯淡卑微。

穿行着马车和被蛊惑的骡子的路上,他镉红色制服的金饰照亮尘土。

噢,他银色的马刺扎上古老的马皮时那么灵动优雅
就像训练有素的兀鹫发亮的喙!

---

[1] 卡西米罗·艾格尔(Casimiro Eiger, 1909—1987),波兰历史家、影评人。因德国入侵波兰而流亡南美洲,在任法国驻哥伦比亚大使馆文化负责人时与穆蒂斯成为好友。

骠骑兵的温柔微笑，他棕色头盔里藏着月亮，在溪流里洗濯他的脸。

水面映出他闪耀的笑，河水拍打着巨石，他的母亲曾在那里为被弃的夜哭泣。

他双手和下腹交错显露的青色血管便足以填满这支歌，

给它注入一滴应有的智识。

炎热的正午，广场因阳光和铁色苍蝇的入侵而被离弃，骠骑兵的记忆在此刻交织。

骠骑兵的荣光消散在无限香醇的酒中。

信念在他庄重严谨的行进中，

在海蓝色衣料里双腿的有力节奏中。

他的战斗，他的爱，他古老的角斗，他不可言喻的眼睛，他巨大手套的精准攻击，

这首诗正为此而生。

让我们颂扬他口中的教理直至他生命的尽头，他这张嘴，受誉于有关咒骂的丰富学问。

II

畜群被连绵的雨水打红眼睛，躲进苦叶林。

城市知晓这次旅行，胆怯地猜测其街道与广场看守者的

荒唐计划会带来什么后果。

妓院里，圣徒的脸被简陋的油脂蜡烛照亮，在漫入内室的腐臭烟雾中晃动。

这段叙述里没有任何寓言。

寓言后来才出现，带着战斗的激情和钢铁黄昏的光亮。

"我死后将休憩，如同在一位千年君主的王座上。"

他用军刀在广场的沙土中写道。畜群的蹄子擦去文字，但呼声已传遍整座城市。

海将他的靴子装满绿藻，

咸沙锈蚀了马刺，

晨风从广阔的海上携来水汽，浸润他卷曲的头发。

他独自一人，

等待年岁的脚步摧毁他的信念，

这是野蛮的时代，他的荣耀必定在旅馆中被谈起。

在雨中格外显眼的是他的身影，香蕉叶被燃烧他故事的篝火所照亮。

温和的鼓面落下珍珠，声响绵延在峡谷与田野高远的天空。

这一切——他海上的等待，他声望的预言，以及他慷慨命运的终结——都在集市开始之前。

一个赤裸的女人让商人们疯狂……

这是另一个故事的起始。一个低地的故事。

III

一棵咖啡树茂密的绿色圆顶下,爬满昆虫的潮湿地面上,他初尝了低地女人所予之爱的愉悦。

那是一位洗衣女工,他后来在苦涩的沉默里爱她,那时他已忘记她的名字。

坐在博物馆的台阶上,头盔夹在腿间,逝去时日的痛苦沉入他的脏腑,他突然打断回忆,想将它完整保留至考验的时刻。

那段艰难的时间,在等待战斗尘烟的回归时耗尽。

同时,有必要守护女王的名望。

一只大螃蟹从泉里走出,向那些在它光亮外壳上小便的女人宣扬慈悲的教义。无人在意,村里的男孩下午在一家酒馆门口将它钉上十字架。

惩罚随之而来,在席卷一切的灾难漩涡中,骠骑兵混淆了村镇、树木和牺牲赞歌的名字。

很难追踪他的足迹。只有一些郊区的车站还长久地留下他的回忆:

大战前夕为他抵挡风霜的上好水獭皮,

他的鞋跟在古老教堂瓷砖上的虔敬敲击。

让我们歌颂,紧压他双鬓的铁冠,他坚定腰胯上的药膏!

IV

瘟疫到来。

他的衣饰在一家旅馆的房间被发现。

再往前,路边,是被蚂蚁啃蚀的头盔。

后来发现更多踪迹:

白垩的小丑与长生草。

贪婪的眼和苍白的喉咙。

酒窖中积存的百年葡萄酒。

他手臂的力量和青铜的影子。

玻璃彩窗讲述他的爱情,回忆他最后一场战斗,在劣质油脂燃灯的烟雾中一天天黯淡。

最爱他的人的哀叹,如同汽笛的悲鸣向船只预警猩红的鱼群,

那个女人离开家,只为睡前将他的佩刀放在枕下,亲吻他军人的紧实腰腹。

就像风帆鼓起或垂下,就像黎明拨开笼罩机场的迷雾,就像赤脚的人穿过寂静的树林,他的死讯就这样传开,

他的伤口疼痛,开裂在午后的阳光下,没有臭气,却戴着自然腐败的显眼面具。

这些叙述说不尽真相。文字不能留下他生命狂醉的起

落,他最好年岁的悦耳脚步——是它催生这首诗,他模范的形象,他珍贵金币般的罪,他强大而美丽的武器。

V
战斗

赞美已经停止,对他美德和事迹的讲述与歌唱都已停止。由他支配的时代早已远去,沉溺于他热切之美的年岁已然消逝,让我们最后一次再现他的战斗,为了不再被他占据,为了让他的记忆像乌贼的墨一样消散在广阔平静的海中。

1
取胜的决心让他在敌军中冷静沉着,对方像老鼠一样朝着太阳逃窜。在永远消失之前,他们转头仰望那个黑马上高耸的身影,他的口中说出最淫秽古老的词语。

2
他逃到低地的柔软中。朝向绿色的深渠,因朱缨花和刺桐叶——黑色发酵物——的重量而放慢脚步。他在那里躺下,任由胡须生长,忍受因食用青色水果和梦到不适的欲望而产生的痉挛。

3

一个破旧潮湿的锌皮柜台描画出他失态的醉脸。头发粘着泥土和鲜血,转头时几次撞上房间掉漆的墙壁,直到他在短暂的夜里,在一个被遗忘的耐心女人的大腿上睡去。

4

船只的名字,矿井的潮湿,荒野的风,木头的干燥,磨刀石上的灰影,被关在待修车厢里的昆虫的痛苦,正午前的疲倦——还不知道午后准备了怎样猛烈的味道,总之,这一切让他忘却人类,不信野兽,把自己完全交给有着安南人大腿的温情女人;所有这些元素最终击败他,将他埋在一片力量的巨浪中,与他声名煊赫的门第极不相称。

夜

热潮吸引了一只雌雄同体的鸟儿的歌声

开启通往贪婪之乐的道路

它不断分岔,穿越土地的身躯。

哦,环绕岛屿的无用航行!

那里女人向旅者提供

她们胸脯的丰润平衡

和臀胯延展的恐怖

白天光滑白皙的皮肤

像糟糕果实的外壳一样剥落。

热潮吸引了涵洞的歌声

那里水流从废物上碾过。

三部曲

城市

谁在城门看见

古代战士洒下的血?

谁听到武器敲击

野兽在夜间搅动水声?

谁指引黄昏之战留下的

烟与痛的柱子?

哪怕是最惨、最恶毒

最弱小或最被遗忘的市民

也没有留下关于这故事的一丝记忆。

今天,当黎明中公园传来

新切松木的味道,

明亮的树脂香

像一个出色雌性的模糊回忆

或野兽无力的痛苦,

今天,这座城市将自己完全交给

污浊的雾与日常的噪声。

然而,神话尚存,

延续在那些

乞丐编造着愉悦的颤动链条的角落,

被飞蛾叮咬、被温柔光滑的遗忘

所覆盖的祭坛上,

突然打开的门里

向阳光展示

橘子树中醒来的女人丰润的躯体

——死去的柔软果实,卧室虚幻的风。

在正午的宁静中,在黎明时分,

在昏昏欲睡的列车上,

车上载满为失去幼崽而哭号的动物,

神话就在那里,失传已久,无法挽回,贫瘠无果。

田野

伴着夜贼的脚步

反抗凉意巨浪的入侵。

伴着码头船只轻撞的声音

是远方号角声的恐惧。

伴着院子里蒸腾水汽的正午暖光，

是鸟儿在笼中争辩的响亮鸣叫。

伴着咖啡园的舒适荫凉

是湍流的河底鱼钩的低语。

什么也没有影响这平静的元素之战，

当时间吞噬人的血肉，将他们如

沉醉的野兽一样推向死亡。

如果河水上涨，将树木连根拔起，

顺着水流的背脊威严旅行，

如果在榨糖厂，司炉与妻子交媾，而蜜的气泡浮动如植物的华美黄金，

如果凭一声号叫，矿工就能

停下风的脚步，

如果这一切，还有许多其他事情都发生在词语之上，

在覆盖诗歌的悲惨皮肤上，

如果整条生命靠这样含糊的元素就足以维持，

那怎样的热望能促使我们说出它，徒劳地喊出它？

那这无力抗争的秘密又会在哪里？

它耗尽我们，将我们温和地引向坟墓。

山脉

一条光之蛇伸展着,在瀑布间跳跃攀爬
它的绿闪耀在澄澈的正午。

一匹巨马在天上腾起,突然遮蔽太阳。阴影飞速掠过大地,笼罩道路——那里跑着运送咖啡、香料、羊毛与动物的卡车。

光带着全新的能量回归,爬行动物开始沿着得天独厚的水域向上爬。人的声音,他们琐碎的欲望和最黑暗的房间,都慷慨接纳清亮的光照。

除了体育场空旷的看台、慈善医院的宽敞大厅和残疾人笨拙的手势,阴影不再有任何庇护。

一只高空飞来的鸟是绝望的第一位信使。一只巨眼睁开,注视人类的脚步。而现在,光只是一件温顺的斗篷,掩盖万物的苦难。

院子里用干枯的树叶与灰色的废物点燃篝火。

烟雾在大地上散播寡言失败者的气息,他以死干涸了山中最黑暗之处淌出的水流的光辉恩典。

管弦乐团

1

咖啡馆二楼的第一盏灯亮起。一位侍者上楼更衣。他的声音磨蚀着屋顶,他沾满油污的围裙带来了寒冷的星夜。

2

一旁,空香料罐里保存着一绺头发。一绺浓密的深色头发,颜色难以形容,像火车消失在桉树林间的烟雾。

3

穿着石棉和天鹅绒,他走遍这座城市。恐惧伪装成郊区的杂货商。多少故事交织在他的文字间，带着往昔的味道，如同诗人的雪。

4

因此，乍一看没有任何美感。但他身后闪动着一团蓝色的火焰，它拖动欲望，如同河流卷走假想的金属。

5

另一盏灯加入前一盏。一个酸涩的声音熄灭它，像杀掉一只虫子。两步之外，风将盲目的叶子拍在盲目的雕像上。池塘的宁静……体育馆的欧珀色光线。

6

心脏的沉重。一棵树的微弱呻吟。当老板用惯常的肮脏微笑服务顾客时，悄悄在洗碗池里被擦干的流泪双目。
女人的悲痛。

7

人行道上，温驯的苔藓和被沉积的泥土溅污的腿。人行道上，像硬币或烟头一样丢落的信念。商品。油烟的薄弱外壳。

8

柔软的粉末在闪耀着海盗耳环的耳朵上。织物的渴与蜜。人体模特估算着行人的年龄，一种无名的强烈欲望从他们纸板的胸脯中升起。空旷街道的呼号声。露水。

9

像夸张的苔藓星球，渴望学校的坚固栏杆，伴着钟声和实验室的清新气味。沐浴的水落在沉睡背上的声音。一个女人路过，留下斑马和薄荷的香水味道。部落的首领在最后一堂课后集合，庆祝祭祀。

10

　　在徒劳寻找气味或房子中迷失的生命。一个坚持到最后一班电车的小贩。一个隐蔽而热切献上的身体。后来，最后，当房子开始建造，或是粗糙毯子的床铺开始变得温热。

伯沙撒的盛宴[1]

纯洁石料的大厅阴影下，

筵席之兽仍喃喃着无尽的祈祷。

经年沉积的宁静尘埃平息了

宣示最后话语的苦铜的音乐。

它脆弱的实体休憩在野兽的身影中

那是狮子雄伟姿势的凝滞一刻

对抗着白昼的利矛，死亡的水。

它的咽门仍诉说着过去残暴的伟业，

当皮糙肉厚的骡子毫无防备地

在内院扬起蹄子，而仆人

在宴会的中场休息里前来观察。

---

1 内容出自《圣经》中的《但以理书》，伦勃朗有以此为题的画作。巴比伦王伯沙撒在庆祝继位的酒宴上因餐具不足而命令仆人将宗教仪式的器具用作餐具。因为亵渎圣物，墙上出现人手，写下几个词。不久后预言应验，巴比伦在围攻中落败，伯沙撒死去。

在房间的空洞里，一种干涩绵长的声音

——木头撞击木头，水拍打港口溢洪道的油垢，

唤醒盲眼的昆虫，将蛛网晃动

如一场清晨伏击的雾中旗帜。

是他持续的脚步声，武器的声响，

敏捷的战士之骨的嘎吱声，

双眼发热的眨动，

对日常事物的坚定触碰，

在大地上的行动，如同

前来下令又再次离开。

于他而言，涌起泡沫的激流还不够，

那里鱼类死在光滑的石头上，

他熟练猎人的漂亮五指曾在石上划过。

阴暗的森林也不足以解决他王子的混乱

那里树木的金属叶子

低声念着即将到来的秋的祷告。

没有什么能平息他的愤怒

如一株在低沉的哀鸣中燃烧的黑莓树。

那些持续的旅行也不能——前往安息君主的王国

她们的性器主宰着腰胯如阳光般间歇摇摆，

更不用说他在弃婴海滩的朝圣，

海滩宽如香蕉叶

被极寒的大海造访。

——黎明的白色桌布上灰烬四散。

当疲倦拦起他所有道路，

举办筵席的想法就出现了。

圣物积攒着厌倦

为他的最后一日备好床铺。

杯子的事无关紧要。

在他之前已有人亵渎了它们

带着更阴暗的意图。

他们自己，因为

精明慎重的上帝的注视而失去理智，

有时，也对杯子犯下罪孽，

让教堂沉重的烛台在地上滚动

划破祭坛的灰色幔子。

妓女的喧闹存在也

并非愤怒的原因。他的王国是一个女人的国度。

向来冷漠，对快乐漫不经心，

但有时恶毒残忍，贪婪无度

就像旅途中的红沙

覆盖城市并渗入大海。

愤怒从更隐蔽的路径到来，

更秘密的源头

从他王位的孤独中流出，

就像伤口释放疼痛

或龙骨的金属氧化锈蚀。

在数周的昏睡与厌烦中，约定的日期临近。

日子愈发平静，突显着沉默，

走在被选之人的缓慢队列前。

王国里生出巨大的悲伤。

期限临近，君主的安静

延展如温凉细密的深色雨毯

打在等待的干燥沙尘上。

如何评价这段进行了诸多准备的时间？

如何在进程中比较它，它如此温顺

却负载着这么艰巨可怕之物？

也许是一根快速伸开的缆线分割了厌烦。

或，更准确的，是烈马的梦

拦住愤怒中的夜晚。

墙上的影子，火把无魂的烟，

随着客人的到来而逃散。

有人肩上带着禽鸟，身影有硬币上的轮廓。

另一些人油腻圆滑，出于虚伪的谨慎而来。

许多人有着战士的灰色质朴

还有些，最少数人，怀疑地观察

确定地知晓之后会发生什么,

他们远道而来,因此敏锐而机智。

堆放在角落的武器

泛着微红的光,发出命令。

卑微的,黑暗的仆人

模糊地凝视大地,

如同在过去寻找

平静的时刻或伤痛的棕色根须。

里面,众人站着,高傲的客人,

举起手臂大声宣告他们的存在。

盛宴单调的挽歌就此开始。

于是话语和手势的巨浪涌起,

葡萄酒的移动的白色路径

和双刃的冠将之标记。

其余的事已被知晓。

这是世传的记忆中古老的片段。

三个词之后,写下它们的手

消失在雪松屋顶的阴影中,

王国获知它的终结,它荣光的末日。

混乱到凌晨才平息,

麻木的身体在庄严的舒展中等待,

眼睛永远盯着

费力寻找的安静巢穴

夜晚的蓝玻璃，轨道中的星体。

无齿的固定飞轮有着灾难的顺滑印迹。

被废黜的黎明之风

吹过却没有触碰最高的树冠，

没有扫过市场的露台，甚至没有影子。

被安抚的王国温顺的土地，持有他的残渣，

等待眼底酝酿的遗忘的葬礼，

如同正午阳光晃动的海中生出的

一朵古老的云到来。

失落之作

    穿过一条交织着城市、气味、毯子、愤怒与河流的黑暗隧道，诗的植被生长。一片枯黄的叶夹在被遗忘的书页间，是它献上的无用果实。

    诗歌更替，
    词语更替，
    人更替，
    风与水更替……
    败局却不断重演
    唉，无可救药！

    如果杀死狮子，喂养斑马，迫害印第安人，在脏污的地上抚摸女人，忘记食物，在石头上睡觉……如果这是诗，那么奇迹已然完成，词语不过多余。

……但若是这首诗来自其他地区,若是其音乐预言了未来苦难的证据,那么是神创作了诗。这项事业没有人类参与。

歌唱着穿越沙漠,碎沙粘在牙齿和染着君主鲜血的指甲里,这是最好之人的命运,是梦与无眠中的纯洁者的命运。

被时刻的苍白刀刃劈开的日子,如矿井中涌出的泉水一般纤细的日子,诗的日子……它们准备了多少虚妄脆弱之物,为持续的雨落在热带锌皮上的夜晚。疼痛的草。

这里一切都在缓慢、显著、无耻地消亡:即使是火车的铁轨也不堪锈蚀,以平行无尽的金色怒火标记大地。

被隐匿的乐器引领的舞蹈之优美。脚步声中消失的声音,消失在尘埃中的脚步,消失在辽阔的炎热夜晚中的尘埃……或者只是忘却一切的清凉晨间之优美。黎明之桥,有着酸涩乳液的牙齿和影子。

诗:无用的货币,为他人的罪孽买单,虚假地试图给人希望。妓院千年的交易。

等待诗的时刻是扼杀欲望,消灭忧虑,屈服于贫瘠的痛苦……而且,被文字这样遮蔽,我们无法看到战斗中最好的时刻,当旗帜在王子淌血的残肢上绽放。让这一刻永恒不朽!

托举着不知名女性乳房的可靠柔软的金属

是诗

黎明来临时绞死盗牲贼的苦绳结

　　是诗

为死亡揭幕的温甜恶臭

　　是诗

为了说出一种不可名状的激情并掩藏羞耻，在粗俗词语间犹豫不决

　　是诗

被学童用石头砸死的蛤蟆肿胀的灰色尸体

　　是诗

胡狼光亮的毛屑

　　是诗

诗人这样说并没有用……诗歌向来已经写完。孤独的风。鸟类标本易碎的爪子，那猛禽强大、安静，已经年老，但临终之际仍勇敢如初。

失落之作

(1965)

致卡门[1]

[1] 卡门·米拉克雷·费利乌(Carmen Miracle Feliú)，穆蒂斯的第三任妻子，两人于1966年结婚。

阿门

愿死亡庇护你
与你完好的梦。
当暴烈的青春归来,
当你未曾获得的假期开始,
死亡会在最初的警示中将你辨认。
它会打开你的眼睛看它辽阔的水域,
将你领入另一个世界持续的微风中。
死亡将融进你的梦
在其中认出这些
旧时留下的标记,
如同一个猎人回归时
认出缝隙间的记号。

夜

夜晚呼吸,

敲击它澄澈的空间,

发出窸窣声的生物,

在木头轻轻的嘎吱声中,

互相背叛。

更新夜晚,

某些种子隐匿在

供养我们的巨大矿井中。

用它致命的奶

喂养我们

被延长的生命,

越过世界之岸

每个清晨的苏醒。

夜晚呼吸着

我们败者的平缓气息

它接纳并保护我们

"为了更高的命运"。

马蒂亚斯·阿尔德科亚[1]之死

并非奇罗尼亚的财务官,[2]

并非博洛尼亚的讲经师,

并非瓦尔密的胸甲骑兵,

并非阿亚库乔的步兵;

奥里诺科河失败的潜水员,

绿色金迪奥省的淘金者,

奇卡莫查峡谷的流动药剂师,

翁达集市的魔术师,

孔贝马峡谷湍流中

肿胀发绿的尸体,

在起沫的漩涡里打转,

---

[1] 马蒂亚斯·阿尔德科亚(Matías Aldecoa)是哥伦比亚诗人莱昂·德·格雷夫(León de Greiff, 1895—1976)的异名之一。

[2] 本诗中出现多处欧洲和拉丁美洲地名:奇罗尼亚是希腊的村镇,博洛尼亚是意大利城市,瓦尔密是法国市镇,阿亚库乔是秘鲁的城市,其余均为哥伦比亚地名。

没有眼睛没有嘴唇,

渗出最隐蔽的蜜,

赤裸,伤残,

沉闷地撞上石头,

突然,发现,

在它僵硬大脑

仍然存活的某个角落,

有在世的时日中

真实的,本质的东西。

无声告别某些事物,

告别乡愁的

最后一道闪电中

某些模糊的生灵,

然后,虚无,

在水流中翻滚

直至搁浅在河口的藤蔓中,

比虚无还渺小,

并非奇罗尼亚的财务官,

并非博洛尼亚的讲经师,

并非什么值得记得的东西。

夜

今夜雨又回到咖啡园。

在香蕉叶上，

在刺桐的高枝上，

今夜又下起瓢泼持久的大雨

涨起沟渠，开始注满河流

河水汩汩，载着夜间的植被和泥土。

锌皮屋顶上的雨

歌唱自己的存在，将我带离睡梦

抛在永不平息的涨潮中，

凉爽的夜里，

雨水穿过咖啡树拱顶

顺着庞大吊索的病态树干淌下。

现在，突然之间，半夜

雨又回到咖啡园

在雨打植物的喧闹中，

从岁月的陌生劳作中拯救的

其他时日的完好之物到达了我。

清晨的裂缝

认清你的苦难,

探索它,了解它最隐秘的洞穴。

为你苦难的齿轮上油,

让它进入你的轨道,用它开辟你的道路

用你苦难的白色软骨

敲每一扇门。

将它与其他人的对比

好好量度它们惊人的差异,

它边缘的独特锋利。

在你苦难的软角中寻求庇护。

时刻牢记

它的就是你的,

这是唯一的港口,你知晓它每片海湾,

每处浮标,来自炎热土地的每个信号

你会到达并像鲁滨孙一样

统治那群影子

他们与你擦肩而过,你撞上他们

却不了解他们的目的或习俗。

培育你的苦难,

让它持久,

以它的汁液为食,

裹上它最隐秘的线织成的斗篷。

学会在万物中认出它,

不要让别人熟悉它

也不要让它被你的事物过分延长。

让它于你如洗礼的水

从城市的庞大下水道里流出,

如屠宰场中汇成的溪流。

让你的苦难融入你的脏腑;

从现在开始接纳你死亡的章节,

你最真确的一次放弃的元素。

永远不要将你的苦难弃置一旁,

就休息在它身侧

如同在欲望退去的

白色躯体边。

时刻准备好你的苦难

不要让它因分心或欺骗而溜走。

学会辨认它，即便是在最简短的迹象中：

朱缨花细叶的皱缩，

午后第一丝凉意中花的开放，

困在道路泥潭里的

马戏团笼子的孤独，市郊的烟尘，

军营里量汤的铜杯，

盲人凌乱的衣服，

在种植桉树的大地上

耗尽其呼声的钟，

航行中的碘。

不要将你的苦难混入日常事务。

学会将它保存到你的休闲时间

用它编织真实，

这是你世间的故事里

唯一持久的物质。

"美好的死……"[1]

站在河中央的停船上

水卷着泥土与根茎的漩涡

缓慢流过,

传教士为酋长的家族祝福。

果实,水晶首饰,动物,丛林,

都收到赐福的短暂迹象。

当手落下

我将死在我的卧室

它的窗户因电车的经过而震动

送奶工徒劳地前来收取空瓶。

到那时,我们的故事将所剩无几,

几幅凌乱的肖像,

---

[1] 出自意大利作家彼得拉克(Francesco Petrarca, 1304—1374)的诗句"美好的死让生命荣耀"(Un bel morir tutta una vita onora),这句诗成为常被引用的文学典故。

一些我不知放在哪里的信，

那日在田间脱下你衣裳时说过的话。

一切都将消逝于遗忘，

而猴子的叫声，

橡胶树切口中

汁液的白色涌动，

旅行中打在龙骨上的水，

都将比我们的漫长拥抱更值得纪念。

约见

纪念 J. G. D.[1]

许是在依山而下的河流岸边

它以流水拍打树干和沉睡的金属,

在第一架横跨河流,让列车通行的桥上

火车的轰鸣与水声交织;

那里,水泥板下

有蛛网,裂缝

栖息着巨大的昆虫,睡着蝙蝠;

那里,新鲜浪花扬起拍打岩石;

很可能是那里。

或是旅馆房间,

聚集着牲畜商

蜂蜜小贩和咖啡烘焙师的城市。

1　豪尔赫·盖坦·杜兰(Jorge Gaitán Durán, 1924—1962),哥伦比亚诗人、文学评论家。曾创办杂志《神话》(*Mito*),凝聚了一批拉丁美洲当代作家。

街上最热闹的时候，

一盏盏灯亮起

妓院开门

酒馆传来唱片机的混响

碰杯声与台球的撞击声；

这时候方便约见，

不会有讨厌的目击者，

不会碰见熟人，

不会有我提前告知你以外的任何事情：

旅馆房间，散发着廉价肥皂的味道，

床铺被大腹便便的庄园主

在城中的交媾弄脏。

或许在丛林中的废弃机库，

来投递邮件的水上飞机在那里降落。

那里有一种平静，一种哥特式的隐遁，

在锈迹斑斑

沾染了橙色花粉的

金属横梁结构下。

外面，是丛林缓慢的混乱，

它浓厚的气息里

突然传来猴子

和油亮好斗的鸟群的喧闹。

里面，柔软空气覆满

被金属薄片的鸣响切割的地衣。

那里还有必要的孤独，

不可或缺的无依，辛酸的意志。

会有其他地点与不同的情形；

但最终会面的地点

在我们身上

为之准备或等待都没有用。

可喜的死亡将使我们免于任何无用的惊讶。

城市

哭声,

女人的哭声

持续,

缓慢,

几乎无声。

夜里,女人的哭声让我醒来。

首先是开锁的声音,

随后是蹒跚的步伐

然后,突然,是哭声。

断断续续的叹息

如同内里的,

细密的

无尽的

水落下,

如同船闸蓄水又放水

或像秘密的螺旋桨

停下又启动

搅动夜晚的白色时间。

哭声渐渐回荡在整座城市，

直至堆放垃圾的地方，

医院拱顶，

夏日露台，

低调的淫室，

孤独大街上飘过的纸张，

某些军队伙房的温暖蒸汽里，

柚木首饰盒中的奖章，

隔壁房间

长久啜泣的女人的哭声，

为所有在梦中挖掘自己坟墓的人，

为所有看守时间之矿的人，

为我，我听着

却别无所知

只知道它脆弱地飘荡在天空下

追逐着黎明潮湿的沙子。

预约

现在我知道自己永远不会造访伊斯坦布尔,

我听说他们在希达卡德西街等我,

在眼科诊所上方的房间。

水拍打堡垒的砖石

在一切结束前

我每日每夜都接到来电。

给我打电话,不过是期望着

一次酸甜的运气,

它茫然拉动丝线

却不等待乐声

也不遵循歌词的情节。

与此同时,在希达卡德西街上,

我掌管着我的事务

当时间绵延在

眼科诊所上方的房间

涌出的浪中，

接连不断，潮势渐长。

库克船长之死

被问及希腊是什么样子,他谈到海边长长的一排疗养房,中毒的海水来到布满尖锐鹅卵石的狭窄海滩,波浪如油般迟缓。

被问及法国是什么样子,他忆起两个公共办公室之间的短走廊,瘦弱的警卫正检查一个羞怯微笑的女人,而院子中响起绳索落水的声音。

被问及罗马是什么样子,他在腹股沟找到一条新的伤疤,他说那是他尝试打破郊区一辆废弃电车的玻璃时受的伤,电车里一些女人正为她们的死者涂抹防腐的油。

被问及是否见过沙漠,他详细解释了昆虫的交配习惯与迁徙日程,它们在大理石的孔隙中筑巢,石头被海湾的火硝侵蚀,被沿海商人的抚摸打磨。

被问及比利时是什么样子,他确立了在仰面躺下、笨拙微笑的赤裸女性面前欲望的减退与某些枪支持续渐进的氧化之间的联系。

被问及海峡的一个港口,他展示了一只猛禽标本的眼睛,歌的影子在其中舞动。

被问及走了多远,他回答说,一艘货轮将他留在瓦尔帕莱索[1]照顾一个盲女,她在广场上唱歌,声称自己是被圣母领报[2]的光辉灼瞎。

---

1 智利城市。
2 天使加百列向圣母玛利亚告知她将受圣神降孕而诞下圣子耶稣。

每首诗

每首诗都是一只鸟在逃离

被瘟疫标记的地方。

每首诗都是死亡的外衣

在败者致命的蜡里

穿过被淹没的街道和广场。

每首诗都是向死的一步,

一枚假赎金,

半夜射靶

穿透河上的桥,

沉睡的河水

从老城流向田野,

那里白昼准备着它的篝火。

每首诗都是

躺在诊所砖板上的人僵硬的触感,

穿过坟墓柔软烂泥的

贪婪的诱饵。

每首诗都是欲望的缓慢沉没,

支撑生命之重的

桅杆与吊索的嘎吱声。

每首诗都是麻布的轰鸣,倾塌在

水面冰冷的咆哮中,

帆的白色索具。

每首诗都在侵入与撕裂

厌烦的苦涩蛛网。

每首诗都来自盲眼的哨兵

在夜的深洞中呼喊

圣人与他不幸的信号。

梦的水,灰烬的泉,

屠宰场多孔的岩石,

长生草阴影下的木头,

被罪犯弯曲的金属,

葬礼的双刃的油,

诗人日常的裹尸布,

每首诗都在世界上散播

痛苦的酸涩谷粒。

告示

公园将被关闭。

池塘里

突然生出巨大的洞穴

就在微微颤动的叶子

揭露出阴影里的树木之处。

稳固性的虚弱血液,

粉色的汁液,

从森林某些角落

不断溢出

在某些长凳上。

公园将被关闭,

还有麻木愚笨的童年,

它将永远消失在无法挽回的黑暗中。

我举起手臂想要阻止;

然后,现在,已经什么都做不了。

我试着打电话,葬礼的黑纱

勒住我所有声音,

没有为其他年月紧绷的失眠

留下别种生活,

唯有这个

用旧的,他者的生活。

旅行短诗

从最后一节车厢的平台

你全神贯注看着景色逃离。

如果穿过桉树大道时

你注意到火车仿佛驶入

散发着药汤与热病气味的教堂；

如果你穿着一件上衣

因炎热而解开

露出胸膛的一部分；

如果列车一直下行

来到灼热的草原，空气凝滞，

水面的颜色像发绿的奶油

揭示它过分的静止

和无用的存在；

如果你梦见终点站

像一个不透光玻璃里的巨大空间

那里噪声有着

诊所无眠的回声；

如果你沿路扔下

白色果肉枯萎的皮；

如果你在小便时，在泛红的道碴中留下

被光的蠕虫舔舐的

短暂的潮湿痕迹；

如果旅途持续数日或数周，

如果没人同你说话，而里面，

挤满商人和朝圣者的车厢里，

有人用大地上所有的名字唤你，

如果是这样，

我将不再徒劳等待

在氯仿的短梁下，

我会在某种确切希望的庇护下进入。

曾有战斗

I

接近黎明，紫色的海，
罂粟的哭泣，活着的岩石，
晨光中的牧场，
悲伤的床单在惊异中
收起世界的污垢。
接近黎明，在石板、
锋利海螺与尖刺花冠的海滩上，
曾有战斗，无声的大战
留下痕迹。
最终，它是关于
爱与其伤人的叶片，
无甚新鲜。

海边曾有战斗

混乱盲目地爆发,

像一只被关在黎明水晶里的爬行动物。

世间的祭坛里爱的灰烬,

无甚新鲜。

II

不值得为这种古老的壮举而奋斗,

或将快乐举至浪潮的最高峰,

或去监管那些迹象——它由笼罩广袤区域的

夜与恒星的沉默入侵所宣告。

不值得。

一切都回到它老旧可怜的位置

一种明智的寂静蔓延,粉末般浓密,

覆上每样事物,每一次

在时日的封闭外壳上撞死的冲动。

被征服的风暴,摇晃的旅行,

只是为了走向遗忘,在厌倦的支配下

匆忙准备新的袭击

去对抗人类的老皮

而后者正等待它的终结
就像天真石块与盲水的牧人。

III

还有时间在无尽滚动，
持久，享受并变换着，
就像落石或狂奔的马车。
时间，姑娘，请你藏进它的胸口
同你可靠的手、发丝的军团
和皮肤上留存的东西；
时间，总之，带着秘密武器。
无甚新鲜。

奏鸣曲

时间又一次将你带到

我葬礼之梦的栅栏。

你的皮肤,带着含盐的潮湿,

你为其他时日所惊骇的目光,

同你的声音,你的头发一起到来。

时间,姑娘,它劳作

如埋葬幼崽的母狼,

如猎具上的锈迹,

如船只龙骨上的海草,

如舔舐沉睡者之盐的舌头,

如矿井中升起的气流,

如荒野之夜的列车。

我们从它昏暗的劳作中得到滋养

就像从基督的面包或

聚居区的高热中晒干的腊肉。
在时间的阴影下,我的朋友,
沟渠平静的流水为我送回
我留存的你的东西,为了帮我
撑到每日的结束。

哀叹马塞尔·普鲁斯特之死

你在卧室的哪个角落,哪面镜前,

在哪瓶被遗忘的糖浆后,

定下你的条约?

已经结束了,持续数年,

数月,数周的时战时歇

对抗窒息,对抗厚绒被中

活过的无尽夏日,

寻找,呼唤,救援

时间完好的种子,

建造永久的迷宫

那里习惯失去它的特殊能量,

它贪婪的毁灭性;

死亡窥伺在你床脚,

在你古老的脸上打磨

你苦痛的致命面具。

它附在你深色的拉比头发上,

挖掘你眼窝的热井

以及某些干花,细碎的火山灰,

乞丐洗净的绷带,

它在你身上伸展

像是另一个世界的轻薄裹尸布

或一个永久的模糊印记。

现在你看到它立起,朝你而来,

重创你的胸口

你让塞莱斯特[1]打开窗

秋天像受伤的野兽一样撞击它。

但她已经听不到你,理解不了你,

只无用地走来,带着织工般的灵巧手指

想帮你拧大氧气阀

给你多输送一些正逃离你的空气

抚慰你哀求的喘息。

马塞尔先生已经意识不清,[2]

她向你的朋友解释

他们难以置信地问起你的病

而你用嘶哑的气声呼唤她

---

[1] 塞莱斯特·阿尔巴雷(Céleste Albaret, 1891—1984),普鲁斯特的秘书和管家。
[2] 原文为法语。

以同样的声音吸入生命的最后一口气。

你向世界的干燥虚空伸出手，

撕扯喉部的皮肤，

你往日温和的眼睛跳动，

最后一次，你的胸膛隆起

拼命想挣脱

等待着你的石板的重压。

寂静在你的支配下诞生，

当你晕眩地落入

怀旧的灵泊[1]，那里

时间的岸边住着你的造物。

当从死亡处赢得

你事物新的部分，

模糊的阴影掠过你的脸，

抹去长期痛苦的混乱，

你巴比伦猎人的精明容貌出现，

从葬礼之水的深处浮出

为了向世界展示

你梦的丰沃绵长，

以及年岁的脆弱物质中

时间与习惯的废墟。

---

1 limbo，或译"灵薄""灵薄狱"，基督教神学中认为的"地狱的边缘"，是死后没有被分配到地狱的人会到达的地方。

流亡

流亡的声音,堵塞的井的声音,
孤儿的声音,巨大声音升起
像愤怒的草或野兽的蹄爪,
流亡聋哑的声音,
今天它像黏稠的血一样流淌
温顺地要求世上某个地方
自己的领地。
今天,它在我之中发出鸟鸣,
那些鸟在绿色的喧闹中
越过咖啡园,华美的香蕉叶,
荒野飘落的冰冷泡沫,
扇打着,啼叫着,
拨动咖啡的果实
和刺桐浓密的花。

今天，在我之中有什么停止了，

沉重的滞流旋转

突然，缓慢，温柔地，

在激荡的水面救出

过去的某些日子，某些时刻，

其上疯狂地依附着

我生命中最隐秘有力的事物。

现在，它们像柔软吊索的树干般

飘浮在忠诚证人的平静证词上，

漫长的流亡里，我从中寻求庇护。

在咖啡馆，朋友家中，他们带着淡淡的痛苦喝着，

在特鲁埃尔、哈拉马、马德里、伊伦、索莫谢拉、瓦伦西亚，

然后在佩皮尼昂、阿热莱斯、达喀尔、马赛。[1]

我加入他们的愤怒，他们的悲苦

于是忘记自己是谁，来自哪里，

直到一个夜晚

雨淅淅沥沥地下起

水从街上安静淌过

一种潮湿而真切的气味

---

[1] 前句中均为西班牙地名，此句中佩皮尼昂、阿热莱斯、马赛为法国地名，达喀尔是现塞内加尔首都，后者曾是法国殖民地。

将我带回托利马[1]的美好夜晚

那里混乱无序的大水

发出植被的轰响直到天明；

它失势的权力，在阴影的枝杈间

一直滴到清晨

声音盖过抛光的铜锅里

浓稠的蜜的咕嘟声。

就在那时，我称量我的流亡

量度失物无法挽回的孤独，

因此我归属于一种提前的死亡，

在缺席的每个小时，每个日子

我用事务与存在来填补它们，

但万物的异乡本质将我推向

梦的最终石灰，

这梦蛀蚀着自己的衣物，

被年岁与遗忘流放之物的外皮。

1　哥伦比亚中西部省份，穆蒂斯的童年在那里度过。

奏鸣曲

为风暴后被烧尽的树。

为三角洲泥浊的水。

为每日必须坚持之物。

为祷告的黎明。

为有着阴影中深水之色的

某些叶脉中的东西。

为已被遗忘的

短暂快乐的记忆,

它是这么多无名年岁的口粮。

为你喑哑珠母的声音。

为你的生命在血与梦的飞驰中

消逝的夜晚。

为你现在于我所是的。

为你在死亡的混乱中所成为的。

为此我将你留在我身边，

作为一个虚幻期望的影子。

东方之歌

拐角处

一个隐形的天使在等待；

朦胧的雾里，黯淡的幽灵

将告诉你一些过去的词语。

时间如沟渠里的水，

在你身上开掘它温和的工程

没有名字或记忆的

日子，星期，年岁。

拐角处

还在徒劳地等你

那个你不曾是的人，那个

因你成为现在这般而死去的人。

没有任何怀疑，

没有任何影子

向你指示这次相遇
会是什么。然而,
那里有关键的密码
关乎你世上的短暂幸福。

奏鸣曲

你知道这些竖琴的脚步后是什么在等待？它们从另一种时间，另一些日子呼唤你。

你知道为什么，在你迷失于雨雾中滑动的城市之前，从终点站的列车里

看到的一张脸，一个手势，某天将再次造访，用无声的嘴唇说出可能拯救你的词语？

你到哪里扎帐篷了！为什么那个锚盲目地搅动深海而你一无所知？

延展的水面轻轻晃动，在献给午后阳光的广袤区域；

水来自大河，它抗争着极端残酷冰冷的大海，海将它的浪掀向天空，随后在三角洲的泥泞草地上痛失它们。

也许是这样。

也许在那里会告诉你什么。

或他们残忍地沉默，你什么都不会得知。

你还记得当她下楼去饭厅吃早餐时,你突然看到她,比以往任何时候都更稚气,更遥远,更美丽?

那里也有什么在潜伏等待。

你从收紧胸口的某种钝痛中知晓。

但有人说话。

一个侍者打翻了盘子。

邻桌的笑声,

有什么弄断那——像商人们拉出约瑟一样[1]——将你从深井中拉出的绳索。

你于是开口,只剩你已知晓的悲伤与它苦乐参半的魅力,因它在世界前的惊异像一面旗帜每日升至空中,标志着你的存在与你的战场。

那么,你是谁?从哪里突然出现那些港口的事件与中提琴编织的主题?

它试图将你带往某座广场,某个安静的老公园,夏天的帆船愉快地航行在它的池塘。

不可能知晓一切。

你不会拥有一切。

至少这次不行。但你已经慢慢学着忍耐,

让自己的另一片最终沉入深处,

1　《圣经》典故,出自《创世记》第 37 章。

而你变得更加孤独和陌生，

像一个侍者，在旅馆清晨的混乱中被大声叫唤，

命令，侮辱与模糊的承诺，用世上所有的语言。

海外医院纪事

(1973)

他们在黎明收起关着鸟的大笼子。

——范德·霍伊斯特《东印度医药史》(1735)[1]

灰色高墙将建筑举向天空,宣示其告慰般的存在——为痛苦而建的大楼,通向死亡的前厅。

——胡安·德·马拉加[2]《印度医学评论》(1726)

音乐家、舞者、演员与妓女靠着这些医院里的收入生活,在医院的小教堂和大厅创造和重现他们炫彩的幻梦。

——彼得罗·马尔泰诺利《机构收益史》(1789)

---

1 题记的三段引文均为作者杜撰。
2 人名借自胡安·德·马拉加(Juan de Málaga),生卒年不详,据记载是智利征服者伊内斯·苏亚雷斯(Inés Suárez, 1507—1580)的第一任丈夫。当时西班牙并不允许女性参与对美洲大陆的探索和征服,但因胡安前往美洲后下落不明,伊内斯向国王请求并获准出海,最终在美洲得知了丈夫去世的消息。作品与出版年为作者虚构。

以下片段是瞭望员马克洛尔晚年讲述的故事或只言片语，当病与死的主题贯穿他的白天，又盘踞在漫长无眠、回忆重现的夜晚。

瞭望员在海外医院之名下涵盖了广泛的理论，关于疾病、痛苦、无所事事的空白日子、肉体的羞耻、缺失的友谊、未曾偿还的债务、在陌生土地上住院数周以治疗在有毒水域和恶劣气候中长途航行的后遗症、童年的发烧，总之，关于人类走向死亡的每一步，耗费财物和力气以抵达坟墓，最后蜷缩在自身残渣的眼窝中。这是于他而言的海外医院。

医院宣讲

诸位请看,这伟大的病人之家,条件多么优越!

看看高树的穹顶!深色叶子总是湿润,被一圈银茸保护,遮蔽哀悼者行走的大道。

听听远处声响的缓步!诉说着一个世界的存在,它有条不紊走向年岁之灾,

走向遗忘,和时间赤裸的惊异。

好好睁开眼睛!看看病症的光滑棘爪如何在每个人身上落下独特的绝望的标志;

甚至几乎不用伤害,没有惊扰,也不用让那人离开家——回忆与悲伤与所爱之人的轨道,

对他而言已如此遥远,在他苦痛的领土上那么陌生。

大家都进来!披上热病的多孔斗篷,了解贫血的平和颤抖

或癌症的蜡质透明,在许多夜晚保存它的事物

直到摊开在高处甜美嗡鸣的电流太阳照亮的白桌上。

向前走,先生们!

不可能的欲望至此结束:

姐妹的爱,

修女的胸脯,

地下室的游戏,

建筑的孤独,

领圣餐者的腿,

一切至此结束,先生们。

请进,请进!

顺从那抚慰并给予遗忘的瘟疫,它净化且赐予恩典。

向前走!

试试

氯仿的腐烂苹果,

乙醚的白色过道,

垂死者脸上的镍质仪器,

退烧药的颗粒之浪,

糖浆虚假的植物甜香,

坚硬的柳叶刀释放最后的血块,已经发黑,出现异变的最初迹象。

欣赏露台!有人在那让病痛透气

如被劫持的旗帜。

大家都来吧,

患有重疾的教民们!

来进行死亡的见习,它如此有益众人,能如此熟谙这些侵袭大地又培育它的天赐!

海湾医院

锌皮屋顶在阳光下爆起白色锈屑,像隐秘热病的脉搏。这气味在唯一的大房间里弥漫,就像潮湿的野兽在阴影中晃动,融入四周,在午间漫长混杂的怠惰中变换身份。

热病肩披斗篷,走遍所有床铺,没在任何一张上停留,也没漏掉任何一张。

大海晃动脏污的灰色水塘,在涨潮中得以抵达我们的床。多么讽刺!这飘散的健康咸味,被困在这里,在我们疾病的秽物和药物酸甜的鬼脸中流动。

食物是由当地人送来的——潦倒多疑的渔民——大多无法下咽。常常是女人给我们带来混杂的根茎和果实,肮脏寡淡,用香蕉叶包裹。借助诡计和牢骚的承诺,她们中的一些被默默占有。午间,常有这样的景象:一个干瘪的女人,不再有胸脯或屁股,被气候与饥饿所吞噬,抱着一个轻声呻吟的病人失常的体重,像哄睡一个孩子。

然后，气味疯狂变换，与交媾的干净甜美的香气格格不入。

由于没有门，海面反射的阳光总是射向我们，刺伤附着白脂的肿胀眼睛。我们知道，在漫长日落的折磨后，潮水就会袭来。

伴随一种低音——起初我们会误以为是发热升至头部，在太阳穴盘旋的声音——水开始漫入，直到几乎淹没整个房间。这里没有木地板，只有被踩了上千次的泥地，黑乎乎的，泛着病人、食物与药品的油光。远方的风带来海水，我们旅行的水，永恒无序中纯洁之物的美丽眼睛，在我们床下悲哀地变浊。

热病的噩梦常常牵着我们的手，沿着通往海底的小路，穿过涨潮。那里，聪明的野兽治愈我们的疾病，我们的身体永远地硬化，像深海春天里光亮的珊瑚。凌晨，我们被护士打扫医院腐臭阴沟的声音吵醒。

那个护士……他确实知道一些令人赞叹、不含悲伤的事情。例如，他曾讲述"巴别塔的建造""拯救痛苦者"或"无旗之战"。在这些长长的故事里，他谨慎地出现在背景中，就像一个曾受青睐，如今演着配角却仍熟知如何取悦观众的老演员。那个护士常常——我们从不知道他的名字，总是用职业来称呼他——以女孩的名义洗礼我们的病痛。用耐心灵巧的双手更换床单时，他询问我们的病情,就像一位在夜晚漫长艰苦的困窘中陪伴我们的女仆。

唉,一个又一个床位前念出的名字,像一串遥远的记忆,停靠在童年沉醉的门楣上!

在河边

瞭望员从他与人的交往中获得某种宽慰。他向听众倾诉漫长旅程的忧伤，对记忆里珍贵地点的怀念，并从中提取生活的意义。

但正是在河边医院，他学会品味孤独，从中赎回他生活唯一的永恒本质。正是在河边，他开始爱上那些漫长的时光，它们属于孤独的梦想家，属于沉浸的追查者，循着某条在无人陪伴、无人见证的失眠中冒出的清晰线索。

医院建在一条通航的大河岸边，河流穿过满是矿井的国土，矿产由生锈的船只运到海岸，拉船的拖轮每周带着气喘般的缓慢与顽强，艰难地逆流而上。

这个地区长着许多巨木，树干浅淡，叶子永远是嫩绿的，难以在热带酷烈的阳光下带来多少遮蔽与保护。人们用棕榈叶和砖墙修起长长的建筑，用来安置矿区下来的病人、在塌方与爆炸中受伤的人、受苦的人，总之，他们会被送上拖船，开赴海中，在破碎生活中短暂而痛苦的时刻里徒劳地寻求康复。矿井逐渐关停，拖船降低了到来的频率。瞭望员正是在那时候到达，在长排的大棚屋里安顿下来。屋子里有两排被铁锈侵蚀的床铺，以及因潮湿环境和空气中细密的植物颗粒而生长的温和的绿色苔藓。

瞭望员来治疗的伤是在港口的妓院街上受的，当时他醉得神志不清，坚持要耍一个微笑的成熟黑人女子，她常在教堂门口一脸茫然，心不在焉地展示丰润的胸脯。

瞭望员跳入河中，躲在离岸的拖船上，这才从愤怒的教民们手中逃脱。然而，从教堂台阶滚下来时，他的腹部已经被刺了两刀，一只手臂也完全脱臼。

瞭望员疗着伤，陷入对自己岁月的漫长沉思。拖船上的人将他抛在那里，因为对日夜折磨他的无尽谵妄与幻觉已无可奈何，他被发热侵蚀，经受着旧痛，这痛苦源源不绝地来自漫长流亡中令人不快的清醒。

清晨，河流被乳白色的雾气笼罩，雾气消散并非由于微风的吹拂——河在山峡间流淌，微风不曾向下造访——而是由于太阳的金属敲击，它几乎只在短暂的雨季缺席。苦涩的果实，带着泥土甜腻气味的鱼和不结果的野橘叶子泡的茶，这就是疗养者的全部营养。

漫长的日子里，当他躺着，破译砖墙上潮湿污渍的密语时，他从长久反刍且勤勉挖掘的孤独中得到了一些经久的教训和一种与日俱增的独处的习惯。

例如，他知道新肉会抹去伤口，洗去所有过去的痕迹，但没有什么能抵挡对快乐的回想和与旧日紧密相连的身体记忆。

他明白了，存在着一种无法动摇的怀念，对被享用的身体，对肉体陷入巨大混乱的所有时刻——血肉中诞生出特殊实体的真理，时间无法在其上施以任何影响。

面孔与名字被混淆，曾爱之人的行为与甜蜜牺牲都被抹去，但享受的沙哑叫喊却像入港处浮标的警笛声一样升起，重复它的音节。

当回忆闯进他不安的梦境，当怀旧开始混入他周围的植被，当浑水的无声流淌让他在日子里长久分神，他的时日所处的空洞中，一种欲望微弱跳动，想检验那些在数月的孤独中被征服的事物，此时瞭望员登上高地，造访废弃的矿坑，进入其中，喊出女人的名字与淫秽的辱骂，让它们在深处的矿壁上回荡。

他迷失在被风吹过的荒原上，风挟着干燥的种子和带珍珠色茸毛的大片叶子。一支巡逻军队将他从死亡中救出，当时他蜷缩在岩石间寻求自己血液的温暖，那血液在他消瘦的、被山间阳光炙烤的身体中几乎不再流动。

瀑布

他走进瀑布的凉水里冲洗伤口,长长地洗了个澡,瀑布被保护在从植物的棕色潮湿中滴水的高墙间。

一种有害健康的寂静从高处落水的纷乱中蔓延,穿过被激流不断鞭打的植物间的狭窄孔洞。

与时间隔绝,远离咖啡园的嘈杂闷热,瞭望员在那里知晓了他的未来,并从赤裸裸的证据中看到自己悲惨境遇的广袤无边。

一只深色蝴蝶突然出现,开始用笨拙缓慢的飞行测量时间的流逝,常常撞上光滑的山壁,或停在地面的白沙上,收起翅膀,直至轮廓看起来像一把生锈的斧头。

瞭望员逐渐被恐惧支配,从喉咙中淌出尖锐但压抑的叫声,很可能是由于水流无尽落下的清凉虚空中某只被困的虫子。

他的伤口干了,衣服干了,皮肤也干了,但瞭望员一动不动地坐在白沙上，在急流冲刷出的井沿边，井底漂浮着被水流拖下的果叶与茎秆组成的植物的黑暗产物。夜幕降临时，瞭望员可以发誓自己能听到那笨重访客的脆弱翅膀如何扇动空气，以及它毛茸茸的身体如何悲哀地撞上夜间的岩石。

一阵暖风蓦地吹进此地的清凉中，随后昆虫飞出，缓慢地起起落落，将瞭望员沉入一种屈辱的确信，他知晓自己力量的无能与苦难的面容。

他慢慢穿好衣服，走出到低地的酷热中，那里他混入形形色色的人，始终在灵魂的隐秘角落保存着被高墙禁锢的时光，那里落水的叫喊与他的惨败猛烈相撞。

二等车厢

那里修过一条铁轨,顺着深涧延伸至河湾尽头。宽大的漩涡安静地卷绕着土色的河水。在弯最大的地方,二等车厢就停在那里。

绿色漆面被多年的雨水冲掉,木头呈现出香蕉叶背面特有的灰蓝色。热带气候催生的铁锈融成一团,碎成脆弱的铁屑,车轮几乎不再保留最初的形状,原本的轨道线只剩下一条模糊的红疤。

车顶微微凸起,就像所有火车车厢一样,被藤蔓和杂草侵占,其间断续有厚实的白花,在傍晚散发出童年高烧的漫长午后的药香。有些窗玻璃还在,被一种乳白色的光晕笼罩。那是这里气候的标志性体现,它最明显的痕迹。

车厢的一侧几乎蹭到红色黏土的垂直峭壁,顶上突起一个铜牌,上面画着一个穿睡衣的男孩,一只手拿着点燃的蜡烛,另一只手上是一个已经无法辨认的物体;另一侧是深涧，底下的水拍打着岸，潺潺声与一场灾难后的寂静相伴。这边只剩三扇窗户，最后的三扇，玻璃完好无损。顽固的热气从其他窗户进来，让人在汗水与昆虫的嗡鸣中昏昏欲睡。

马克洛尔在那里收拾出自己的避难所。他将地上拆出的四块木板搭在最后两张长椅上，凑成一张床，用一捆衣服当枕头，就这样躺了下来，因疟疾和饥饿而颤抖。白日与黑夜的时间在车内光线的缓慢移动中过去，炎热和疾病所准许的一小会儿睡眠在凌晨才到访。

有时，两个女人会来看他。她们为下一处河湾矿井的雇工准备食物，带来的残羹剩饭是他唯一的口粮。她们大部分时候都不理他，坐在车厢的平台上聊天，双腿悬在轨道上。她们把衣服脱到腰部，让午后的微风拂过皮肤，风偷来山林间短暂留存的凉意。

有时，她们中的一个会躺在他身边，在持续到夜晚的拥抱里，在瞭望员受伤的身体中寻找欲望。另一个则留在平台上，继续与同伴平静地聊天；后者没有回答的时候，她就继续着迷地眺望山脉遥远的蓝色或冒泡的涡流。漩涡单调的圆圈有时被涨潮拖来的巨木或落入深涧的骡子的尸体打乱，那些骡子被激流中的旅程冲掉毛皮，它们灰色的肚子飞速旋转，直到再次被水流的冲击解放。

片段

……黎明时分满载病人的列车从那里出发前往盐场医院。色彩鲜艳的老旧小机车,缓慢费力地拖着一长串车厢。车厢被漆成白色,上沿有天蓝色的条纹,每节车厢舒适地躺着最多五个病人。

沿着锈迹斑斑的轨道,秋天的巨浪涌动,在夏日沙滩上久久地明亮翻滚后,它们将平静死去。

多令人难忘的景象!将受伤的身体裹入疾病臭油的白色床单,在水面清凉的远处漂浮,仿佛幸福展开它的迹象。

病人的旅程持续一整天。夜幕降临时,伴着晚间第一道静谧的光,他们麻木哀怨地下车,但他们受过洗涤,已经平静下来,仿佛是来自最遥远纯洁的水域。

列车在夜晚返回,带着铁块愚蠢碰撞的噪声,带着生锈的废旧武器的金属嘈杂,带着海与月的孤寂中不可能之绞架的痛苦声响。

不久就出现盛大的光辉,这是焚烧那些旅途中覆盖身体的床单与绷带的光。烟雾升起,直至遮蔽部分天空并……

傲慢者医院

街道尽头是方形小广场,耸立着一栋深色的四层红砖建筑,宽大的窗户日夜被昏黄的灯光照亮。

那里有受着苦的傲慢者,管理城市的人,一切美差的所有者与分配者,手握最终的决定,大到一座体育馆的建筑合同,小到一个下水道工人最微薄的收入。

他们权力的混乱,他们傲慢的可怖样态,每次都以最深刻最伤人的形式表现出来;他们病痛的漫长故事——在解释来访原因前,必须全神贯注地听一听;他们既居住也办公的房间散发着恶臭,摆满瓶瓶罐罐,混着药物与粪便、香水和申请者的赠礼,堆积的礼物满足了病人易发的贪欲;房间里总是光线昏暗,让阅读每项事务所需的文件、证件、证明、收据和账户信息变得非常困难;一切都让我讨厌造访那座港口,我们每年都会到达那里,载着成捆的潮湿货物,被大雾增加靠港的难度。

我不得不在医院办理卸货许可和起航的所有文件，因为根据那座大砖房的居住者所制定的专横条例，由于某种我不清楚的血统、宗教或门第次序，船长被禁止进入。

我来办手续的日子常常撞上女性被允许出入的那天。大厅深处也能听见她们老鼠般的讨厌笑声，病人们没完没了地拖延着事务，以令人绝望的徐缓满足着自己的欲望，而疲惫的申请者不得不站在那里。我从没能好好看过那些来到大厅的女人的脸，甚至是轮廓，但我永远不会忘记她们的笑声，克制又尖锐，像猴子一样，歇斯底里。这些笑声标记了我漫长的、耗尽精力的等待。

在沾满秽物的毯子和床单的混乱中，躺着他那柔软巨大的糖尿病患者的身躯，一个了解航运事务的病人。他的声音从肿胀松弛的喉咙的黏液中传出，词语在那里失去声调和意思。就像一个死者在他罪孽的泥潭中说话。他喜欢长篇大论解释每个印章和签字的原因，随心所欲地延伸话题，详细描述和评论自己的疾病与药物。

离开医院的时候，他光滑下巴的肉褶还在我面前浮现，移动着给词语让路，像一条痛苦的肠子，而在我脑子里，长长的药剂名目与离开那个该死港口的要求混成一团。

住所

深入高耸的悬崖，光滑垂直的峭壁温顺地伸进沉睡的水里。

沉默地航行。一个词语，桨的拍击，船底链条的声音，长久回响着，扰动了进入岛屿时逐渐深沉的凉爽阴影。

靠岸处，一段石阶缓缓升至最高的海角，其上飘浮着一片混乱的辽阔天空。

但到达那里之前，当他爬上台阶，他渐渐发现从不同的高度和方向都看到的广阔露台，过去一定是用于大型事务或某种早被遗忘的信仰的仪式集会。没有屋顶的保护，岩石地面在夜晚归还白天日光照在光滑表面上储存的热量。

总共有六片露台。他在第一片停下来休息，忘却旅途中的事件和苦难。

在第二片，他忘记了驱使自己到来的原因，在身体里感受到年岁的秘密矿藏。

在第三片，他想起那个高大的女人，她有一双黑色的大眼睛和粗糙的皮肤，她将自己献给他，换取一种关于情感和牺牲的脆弱定理。

第四片上，风不知疲倦地翻腾，卷走最后一丝过去的痕迹。

在第五片，一些摊开晾晒的布让他难以通行。它们似乎隐藏了些什么，最终溶散成一种模糊的不安，类似某些童年时日的不安。

在第六片，他相信自己认出了这里，当他意识到这是他多年前常带着往日的喧嚣光顾的地方时，他带着窒息的低喘滚下宽大的石板……

第二天早上，值班的实习医生发现他紧紧抓着床头的栏杆，衣服凌乱，疲倦的深色血液还从死者惊讶的口中流出。

马克洛尔的病祸

"我的病祸",马克洛尔这样称呼那些将他带到海外医院的病痛。以下是他常提到的内容:

一种巨大的饥饿,它平息发热,将之藏到神经节的甜蜡中。

梦无法控制地变成一连串闪亮的鳞片,它们排列在一起,直到用一种无法抑制的寂寞的欲望替代皮肤。

在变成安静而不驯之物的植物性变化中,双腿最终消失。

某些目光,总是那些,其中怀疑与绝对的冷漠参半。

一只翅膀在航行的苦难中扇起夜晚黑色的风,驱散所有意志,所有在日复一日的封闭秩序中活下去的目标,日子只像漫无目的的压舱物一样堆积。

无端等待巨大的幸福,它沸腾且筹备着,在血液里,在连续的波浪里,从未出现也未曾被确认,但显现在其他迹象中：

一种暴躁而持续的欲望，一种应敌的特殊灵巧，对猎来的肉类的食欲——以香料的错综教义和梦中长途旅行的着魔频率腌制。

荒无人烟的道路上高大工厂的仓促条例。

惩罚一只停滞在鲨鱼严厉责备中的眼睛，那鲨鱼将自己的怒火消磨在水族馆的透明环道中。

对某种粉色玉米淀粉糖果的易发的食欲，它让人想起"马里亚瑙"[1]这个词。

梦被划分在学校生活与某些新鲜坟墓之间。

1　Marianao，西班牙语地名，古巴哈瓦那省和西班牙巴塞罗那都有以此为名的地区。

示意图

瞭望员常常提到他的《海外医院示意图》,有几次甚至还拿给他的朋友们看,但没有对图上的场景多做解释。一共有九处,分别代表了以下内容:

I

一位血肉之色的骑士
驰骋在草原。
他的军刀
触着惊愕的阳光,
后者等待着他,
铺洒在
沐浴着温暖寂静的海湾。

II

埋在森林

最茂密之处的

武器

指示着大河的源头。

一位受伤的战士

着重指出那个地方。

他的手伸至

沙漠

他的脚休息在

一座美丽的城市

白色的广场阳光灿烂。

III

大首领

给水牛猎人

递去和平的烟管

而后者的目光正分神落在

五颜六色的帐篷

以及篝火的刺鼻烟雾上。

一头鹿悲伤靠近。

IV

带着讨厌金属味道的

果实

指向悲惨岛。

一艘安静的沉船

水手们划向

海滩,那里一只野猪

埋起它的猎物。沙子

蒙蔽了众神。

V

一阵冷风拂过

甲壳动物的

坚硬外壳。

一声叫喊以它

冰冻的愤怒闪电

划过天空。

黑夜与恐怖来临,

如一块灰色地毯。

VI

马车飞奔

一个女人寻求帮助,

衣服凌乱,

头发散在风中。

司机喝了

一大杯苹果酒

无精打采地靠在

一具大理石雕像上。

刺猬用它

夜的长刺

指明道路。

VII

一架水上飞机
从雨林飞过。那里,
下方,女传教士们与它打招呼
她们正为酋长的婚礼
做准备。肉桂的味道
蔓延在整个区域
并且混入
远处船只的嗡鸣。

VIII

一座被高大岩石包围的城市
藏着女王僵硬的尸体
和她最后一次任性的
甜美破败的腐肉,
一个冰激凌小贩
梳着女学生的发型。

IX

维纳斯从椰子树

稀疏的树冠中诞生

她的右手拿着

香蕉树的果实

外皮垂下

像温柔的金色华盖。

夏天来了

一个渔夫

用一磅蛤蜊

换了一只击剑面具。

挽歌[1]

苦涩的刺苞菜蓟永远在你喉中逗留

噢，止息的人！

你的每件事务都沉重，

你已无关乎利益与无眠的要求。

现在，揭幕你新衣的鲜石灰，

现在你成为阻碍，噢，止息的人！

我将列举你新王国的某些物种

那里你听不到你的人咽下你的死亡

将你的放纵变成甜蜜的回忆。

我将告诉你一些会为你而改变的东西，

没有目光的僵硬之人！

你的眼睛将是两条隧道，刮过腥臭、安静、轻松、无色

1　"Moirologhia"是伯罗奔尼撒女子在死者棺椁或坟墓旁唱的挽歌或哀歌。——原注

的风。

你的嘴将慢慢移动它崩解的鬼脸。

你的双臂将不再认识大地，休憩在十字架上，

徒劳的器物迎向侵入它的刺鼻龋病。

唉，被放逐的人！至此结束你所有的惊诧，

你愚蠢的吵闹惊骇。

你的声音将由许多褐色小兽的沉默拖曳组成，

由归于尘土之物温和崩毁的声音组成，

它立在小小的坟墓上，模仿你的身高，维持着墓中酸性的安静空气。

你的坚定信念，你的远大计划，

以求建立对层级与标志的复杂信仰；

你对他人的悲悯，在家中的仁爱，

为你灵魂在生者中的声望而焦虑，

你的知识之光，

如今它们在怎样的深洞中撞击

又如何徒劳地遇上你的溃败之物。

你作为爱人的壮举，

你从未被满足的隐秘欲望，

你食欲的弯曲流向，

该说什么，安息的人！

你干瘦皱缩的性器，只能涌出腺体的粉色淋巴液，

腐烂的迹象最早到访之处。

盒中不会留下任何证明你情欲的影子!

"有朝一日我会成为伟大的……"你总是在晨光中

如此说起官阶的上升。

现在你已成为,哦,多幸运!以这样的方式。

你逐渐散落,

溢出了开始腐变时

被固定的位置。

你如此伟大,在气味与苍白之色中,

在无序的物质中,它们四散,将你延长。

伟大到你做梦也想不到,

伟大到你最顽固矿物的短暂土堆

停在你处,作为你安息的见证。

现在,哦,最讨喜物种的继承权被安静剥夺!

你像一艘搁浅在树冠上的船,

像被女主人遗忘在遥远地区的蛇皮,

像妓女藏在她破烂床垫下的珠宝,

像被群鸟的愤怒堵住的窗户,

像村镇集市散场的音乐,

像司仪手指上不舒服的盐,

像大理石的盲眼,废弃脏污,

像水底永远翻滚的石头,

像城市边缘一扇窗上的破布,

像一个关着病鸟的悲伤鸟笼的底面,

像公共厕所的水声,

像拍打瞎马,

像屋顶残留的恶臭乙醚,

像远处狐狸的呻吟

血肉被塘边隐藏的陷阱撕裂,

像夏日午后被恋人折断的多少茎秆,

像没有命令或武器的哨兵,

像死去的水母,以死者不透明的乳液改变自己的虹色,

像商队遗弃的动物,

像乞丐涉过保护他们藏身处的泥塘时下陷的痕迹,

像所有这些,哦,搁浅在智慧之烛里!

哦,停泊在穹顶的石板上!

讲述瞭望员马克洛尔某些难忘的幻觉,多次旅行中的某些经历,并对他最熟悉的一些古老物品进行分类。[1]

[1] 以下诗作被收录于1973年在西班牙出版的《瞭望员马克洛尔集》。——原注

孤独

丛林中，巨树最深沉的夜晚，被野生香蕉丛的大叶散落的潮湿寂静所包围，瞭望员知晓他最隐秘痛苦的恐惧，巨大空虚的惊怖，这空虚窥伺在他满是故事与风景的年岁之后。整个晚上，瞭望员都在痛苦地守夜，等待着，害怕自己存在的崩塌，害怕在痴呆症的漩涡中遇难。失眠的苦涩时间里，瞭望员身上留下一道秘密的伤口，偶尔流出一种不可名状的隐秘恐惧的稀薄淋巴液。成群凤头鹦鹉穿过晨光的玫瑰色外沿，喧闹声将他带回同类的世界，并把人类常用的工具交回他手上。在经历了丛林夜晚潮湿孤独中的恐怖守夜之后，对他而言，爱，不幸，希望与愤怒都与以往不再相同。

搬运车

人们给他，让他带到弃置的矿井去。他不得不在没有任何兽类帮助的情况下，独自将它推到荒野。里面装满了灯和废旧工具。

旅程开始的第二天，途中休息时，他注意到小车侧面画了一系列不可思议的故事。

第一幅画里，一个女人怀抱受伤的战士，他凹陷的盔甲上刻着拉丁文的军事格言。当男人温顺地流血，女人露出恶意的微笑。

第二幅画里，杂耍艺人一家在阻隔流水的光滑巨石上跳跃，穿过湍急的河。对岸，上幅画里的同一个女人提前做出愉快的手势欢迎他们。

车身另一侧，故事还在继续：第一幅画里，一列火车正艰难爬坡，一名骑士在火车头前，挥舞着印有克里斯托弗·哥伦布肖像的旗帜。一棵桉树的银枝下，之前画面里的那位女性向惊讶的旅人展示大腿的圆润，她正仔细挑去性器上的跳蚤。

第二幅画里是衣衫褴褛的游击队员与身穿华丽制服和钢盔的士兵之间的战斗。背景里，一座小山上，同一个女人靠在紫红的岩石上，平静地写着一封情书。

瞭望员忘记了工作的疲惫，忘记了遭受的苦难与面临的前路，不再感觉到荒野的寒冷，而是观察每一幅画的细节，带着幻梦般的确信，认为它们隐藏着一个艰涩的教诲，一种丰饶有效的寓意，永远不会对他倾囊相示。

连祷

这是瞭望员在三角洲急流里洗澡时念诵的祷词:

> 晦暗者的痛苦
>
> 收起你的果实。
>
> 老者的恐惧
>
> 溶解希望。
>
> 弱者的忧虑
>
> 减少你的分支。
>
> 死者之水
>
> 测量你的河床。
>
> 矿区的钟
>
> 放缓你的声音。
>
> 欲望的骄傲
>
> 忘却你的恩赐。

强者的传承

　　降服你的武器。

　　被遗忘者的哭声

　　拯救你的果实。

　他就这样不停地念诵,当水声淹没他的声音,而下午冷却他被各色黑暗事业所损伤的身体。

商队驿站

(1981)

致阿尔韦托·萨拉梅亚[1]

商队驿站,中东地区为商队和徒步旅行者提供住处的公共建筑。常建在城镇或村庄附近,但不在城墙里。驿站呈四方形,外围是一堵实墙,高处开有小窗,底部只有狭小的气口[……]中央是露天庭院,中心一般有水井和喷水池[……]楼上的房间供人借宿,烹饪的地方则在楼下的一处或几处屋角[……]驿站通常不大,商人和货物可以进入室内,载重的动物则留在外面……

——《大不列颠百科全书》第四卷(1965)

垂死之际,拉迪盖[2]说道:"我将被上帝的士兵射杀。"

——莱多·伊沃[3]引于《一个诗人的自白》(圣保罗,1979)

---

1 阿尔韦托·萨拉梅亚(Alberto Zalamea, 1929—2011),哥伦比亚记者、外交官。

2 雷蒙·拉迪盖(Raymond Radiguet, 1903—1923),法国诗人、小说家。拉迪盖在一次与法国作家、导演让·科克托(Jean Cocteau, 1889—1963)的旅行中患上伤寒,在巴黎去世。科克托在接受《巴黎评论》的采访时说,拉迪盖在死前三天曾对他说:"三天后,我将被上帝的士兵射杀。"

3 莱多·伊沃(Lêdo Ivo, 1924—2012),巴西诗人。

商队驿站

致奥克塔维奥和玛丽·何塞[1]

1

他们嚼着槟榔叶,顺着器官机能的单调规律往地上吐。赭色水渍一个个出现在他们健壮的脚边,双脚强劲如抵抗季风的根茎。头上是群星,在孟加拉晴朗的夜里,描绘着缓慢而固定的轨迹。时间像一种柔软的物质,在对话间悬滞。人们聊起航行、地下港口的意外、贵重的货物、声名狼藉的死亡、大饥荒。还是老样子。他们说着西孟加拉邦比尔宾区的方言,讨论男人们的谦逊生意,一系列肮脏的狡诈,微小的野心,疲惫的色欲,古老的恐惧。还是老样子,面朝寂静的大海,数不尽的星辰下,像植物的浆液一样温和。沾满油脂

---

[1] 玛丽·何塞·特拉米尼·波利(Marie José Tramini Poli, 1932—2018),艺术家,生于法属时期的阿尔及利亚,与墨西哥诗人奥克塔维奥·帕斯(Octavio Paz, 1914—1998)结婚后定居墨西哥。"José"或按法语音译为"若泽"。

和久远物质的光滑地面上，槟榔渍逐渐在人们无名的足迹中消失。航海家，时不时变身商人，天马行空，残忍而安静。

2

如果你执于相信骆驼贩的谎言，客栈院子里流传的恐怖故事，戴着面纱、提供无耻服务的女人的承诺；如果你坚持无视那些穿越异教徒土地时应遵循的、关于秘密行为的不成文规则，如果你继续犯蠢，你将不被允许进入塔什干的大门，塔什干是智慧勤劳者的富足城市。如果你执于犯蠢……

3

狂热混乱的人们，尖声要求着不属于自己的东西，停下！蠢货们，停下！易怒之人争执的时间结束了，与这些大厅的秩序格格不入。现在轮到女人们，波希米亚或匈牙利的埃及女王，在所有道路上奔波；从她们凸出的眼睛，高高的胯骨上，遗忘会滤出最好的酒，最有力的领土。让我们巩固我们的法则，唱出我们的歌，最后一次，让我们哄骗年老的战争策划者那假惺惺的呼唤，她是我们的姐妹，我们的女士，已经站在我们墓前。那么,请安静,让匈牙利草原的雌性,摩拉维亚的贵妇,由罪人供养的埃及女郎,让她们来吧。

4

我是帝国卫兵第三长枪队的队长,听从塔德乌什·卢钦斯基上校指挥。我将死于被黑森工兵团的逃兵伏击的伤。每当我无望地转身,想缓解被弹片击碎的骨头的疼痛时,都会溅上自己的血。在痛苦的蓝玻璃入侵我的动脉并搅混我的言语之前,我想在此坦承我的爱,我对我妹妹克里斯蒂娜·克拉辛斯卡伯爵夫人那混乱、隐秘、巨大、甜美、沉醉的爱。愿上帝原谅我为她度过的艰难夜晚,在发热与欲望中辗转难眠,在卡托维茨我们父母的乡间别墅里的最后一个夏天。我无时无刻不谨守沉默。希望在我面对不可抗拒的存在之时,她能短暂地想起我。一旦想到她会在她的丈夫与孩子身边为我的灵魂祈祷!

5

我的工作是仔细清洁马口铁的提灯,老爷们晚上要拿着去咖啡园里猎狐狸。一旦遇上，他们立刻照起这些复杂的器械，火光马上遮蔽灯上的油污，瞬间眩晕野兽的黄色眼睛。我从没听这些动物哀嚎过。它们总是被这意料之外、凭空出现的光吓住，在惊骇里死去。它们最后一次看向刽子手，就像在拐角处遇到了神灵。我的任务，我的命运，就是让这古怪的黄铜制品永远明亮，为夜间短暂的狩猎做好准备。而我梦想有一天能成为一个艰苦的旅行者，穿越那些冒险的狂热土地！

6

每当圣杯国王[1]出现，都必须回到炉灶，喂入残渣以保证锅中温度不变。每当星币一出现，蜜开始冒泡起舞，散发独特的香气，在最甜蜜的物质里，汇聚了山脉最隐秘的精华与水渠清凉安静的水汽。蜜已经好了！宝剑一宣告它愉悦存在的奇迹。但若抽出的是权杖一，那么一个制糖工必被吞噬他的蜜糖淹覆而死，就像熔化的贪婪青铜灌入恐惧的软蜡。甘蔗园的清晨，在蟋蟀的嘹亮歌声和水落在榨糖机轮带的声响中，开始发牌。

---

[1] 该节中提到的"圣杯国王""星币一""宝剑一""权杖一"均为小阿尔克那塔罗牌的牌面。有不同叫法，如"星币"又叫"钱币"，"一"牌又称"首牌"或"A牌"。

7

靠着巧妙操作的滑轮和绳索,他越过山脉的峭壁,在悬崖上缓慢前进。一天,鸟群吞掉了他的一半,将他变成一块血淋淋的破布,在荒野的寒风中摇曳。他从修建铁路的人那里偷来一个雌性,和她一起享受了无穷欲望的短暂一夜。当受辱的雄性们赶来,他就逃走了。据说那女人为他注入了一种最隐秘脏体里产生的物质,这香气让高地的禽鸟为之疯狂。残尸最终在阳光下晒干,像一面嘲弄的旗帜飘扬在悬崖的寂静中。

8

在亚喀巴[1],他在水槽的墙上留下手印。

在格丁尼亚,他哀叹自己在一场酒馆斗殴中丢失了证件,却不愿透露自己的真实姓名。

在累西腓,他为主教服务,结果偷了一个镀彩金的马口铁圣体匣。

---

[1] 该节中的地名均是世界各地的港口城市,分别位于约旦、波兰、巴西、科特迪瓦、智利。

在阿比让，他治愈了病人的麻风病，靠的是用道具权杖触碰他们，并用他的加禄语念诵海关手册的某一页。

在瓦尔帕莱索，他永远消失了，但上城的女人们留有一张他打扮成导游的照片。她们确信这张照片能缓解痛经，并保护新生儿免受邪眼[1]的伤害。

9

我们任何梦境，哪怕是最晦暗的噩梦，也比不上构成我们命运的所有失败。我们总会比自己最隐秘的希望走得更远，只是方向相反，沿着那些在瀑布上歌唱的人的道路，那些用经验和遗忘的智慧来度量自身的欺骗的人的道路。

10

应该有一种行业，让我们为最无声的战斗和最细微的幻灭做好准备。但这是女性的行业，永远不向男人开放。它包括清洁那些爱得无微不至或无药可救之人的雕像，并在其脚

---

[1] 也称"邪视"或"恶眼"。在某些民间文化中的迷信，认为他人眼中的嫉妒或厌恶会带来厄运或疾病。

下埋入一种祭品。随着时间推移,这些祭品将侵蚀大理石,氧化最坚固的金属。但这一行业也消失了许久,已无人确切知晓仪式的顺序。

祈灵[1]

是谁将这些人召来?
他们被什么声音和词语呼唤?
为什么他们被允许使用
我生命的时间与事物?
他们来自何处,而将他们排列到我们面前的
无名命运又会把他们引向何方?
主啊,愿遗忘接纳他们。
愿他们从中得到平和、
短暂之物的消散、
不纯灵魂的安息,
以及傲慢悲伤的平静。

说实话,我不知道他们是谁,

---

1 原文的"Invocación"专指一些诗作中诗人向神灵或缪斯祈求灵感的部分。

也不知道他们为什么来找我

参与这空白一页的

短暂时刻。

这些人都虚幻,

吐露谎言。

幸运的是,他们的记忆

在终将接纳所有人的

慈悲虚无中

开始褪色。

就这样吧。

五幅图景

1

秋天是皈依者最喜爱的季节。在树叶的铜色幔子后,在隐形的蠕虫、冬天的使者与遗忘开始钻探的金色之下,更容易承受新的神学压向初来者的新义务。我们必须警惕这些叶子的平静,它们这样等待着不可避免的零落,等待着尘土和虚无的召唤。它们还能停留片刻,见证时间的不可撼动:绿意与成熟的最高命运走向的败北终局。

2

有的物体永远不会旅行。它们一直如此,不被遗忘,不受制于使用与时间的艰辛。它们停在虚无与习惯交织的平行时刻所构成的永恒中。这种独特条件使它们置身于生活的潮汐和高热之外。它们不会被怀疑或恐惧拜访，看守它们的植被不过是它们徒劳存续的微弱痕迹。

3

昆虫的睡梦由未知的金属制成，后者在细小的钻头中穿透到地质学最黑暗的领域。没有人举手去够那些短暂的星星，它们在午睡中随着鞘翅的不断摩擦而诞生。昆虫的睡梦由金属制成，只有黑夜在它巨大的寂静派对中才知晓。小心。一只鸟儿降落，在它身后，清晨也落下来，搭起它的帐篷——白昼的高大画布。

4

没有人邀请这角色在舞台上为我们朗诵他对应的部分，在其他地方，这个舞台是为无辜者搭建的绞架。无论是一个惊讶乞丐的殷勤鞠躬，还是他明显的告密者面孔所展现的伪饰谦虚，都不会对他有利。杀手们正寻找他，要把他淹死在薄荷和融化的铅水中。这一时刻已经到来，尽管他步伐隐蔽，摆出一副"我在这里不值一提"的样子。

5

　　海底，缓慢的仪式正在进行，由数百万年前被地球逐入深海乳白色遗忘中的物质的平静主持。它钙质的外壳曾见过太阳和黎明的烈酒。这就是为何它以勿忘我的确定性主宰着它的平静。水母的苏醒在暗淡的姿态中绽放。仿佛生命为地球的新面貌揭幕。

阿尔米兰特之雪

致 J. G. 科沃·博尔达[1]

到达山脉最高处时,卡车会停进一个凌乱的棚屋,修路时这里曾是工程师的办事处。大卡车司机们在那里停下,喝一杯咖啡或几口烧酒来抵御荒野的严寒。因这寒冷,他们常双手被冻僵在方向盘上,随后滚入深渊,那里急流会瞬间冲走车辆残骸和车上人员的尸体。下游,到了炎热的土地上,则出现事故的扭曲痕迹。

休息站的墙壁是木头的,里面被炉子的烟熏黑,炉子上日夜为饥饿的旅人温着咖啡和少许食物。饥饿感并不常见,因为这里的海拔常会令人产生一种恶心感,驱走任何进食的念头。墙上钉着五颜六色的金属板,贴着啤酒或止痛剂的广告,身穿泳衣的带着挑逗意味的女性在蓝色海滩和棕榈树的风光中展示她们鲜活的身体,与寒冷阴沉的荒野格格不入。

---

[1] 胡安·古斯塔沃·科沃·博尔达(Juan Gustavo Cobo Borda, 1948—2022),哥伦比亚诗人。

雾气穿过道路，沾湿了像未知的金属一样闪亮的沥青，随后消失在大树之间。这些树有光滑的灰色树干、遒劲的枝杈和稀疏的叶片。同样灰色的苔藓攀上它们，开出色彩鲜艳的花，厚实的花瓣缓缓淌出透明的蜜。

入口处一块木板上，褪色的红字写着这个地方的名字："阿尔米兰特之雪"。店主被称为瞭望员，出身与过去并不为人所知。粗硬的花白胡须遮住他大半张脸。他拄着一根用坚韧的竹竿临时做成的拐杖。右腿上一处脓疮五彩斑斓，散发着恶臭，但他从来不管。他来来去去招呼顾客，拐杖敲击地板时发出规律而厚重的节奏，沉闷的回响消失在荒野的萧瑟中。男人沉默寡言。他经常微笑，但不是因为听到什么声音，而是自顾自地笑，或是迟迟才对客人的话做出反应。一个女人帮他做家务。她身上有一种既专注又心不在焉的野性气息。在为她御寒的毯子和斗篷之下，可以猜到她的身体仍然结实，并不疏于云雨之事。那种欢愉里充满大地的精华、芬芳和回忆，那片土地上，植被的圆顶在低地的炎热中怡然不动，树下的大河奔流至海。女人有时唱起歌；用细弱的声音唱，像炽热的平原上鸟儿懒洋洋的叫声。在这尖细、婉转、动物般的低吟中，瞭望员一直看着她。当司机们回到自己的卡车上开始下山时，这歌声伴随他们。它由广袤之距和致命的无依所滋养，将他们推入不可抵挡的怀旧。

瞭望员店里还有一样东西，让那些常来停留且熟悉此处的人印象深刻。一条狭窄的过道通向房子后面的回廊，回廊由木梁支撑，建在被蕨叶半掩的悬崖上。旅行者们去那里小便，耐心谨慎，却从未听到液体落下的声音，它消失在峡谷眩晕的雾气与植被中。

过道斑驳的墙上写着一些警句、批注和格言。其中许多都在这片地区被记住和引用，但没人能准确破译它们的意义或内涵。它们由瞭望员写下，很多都在顾客走向那离奇小便池的过程中被蹭掉了。以下这些更顽固地留存在人们的记忆中：

> 我是最隐蔽的路线与泊位的混沌制定者。从它们的无用和不为人知的方位中，我的日子得到滋养。

> 保留那块光滑的鹅卵石。临死时你将得以在掌中抚摸它，以此驱走你眼前浮现的、最遗憾的错误。所有这些错误抹去你虚妄存在的全部意义。

> 每颗果实都是一只盲眼，对它最柔软的精华一无所知。

> 在某些地区，人在自身的幸福里挖掘短暂的拱顶：毫无道理却永不止息的不满。

跟着船只。沿着残破悲伤的小船航行的路线。不要停下。避开哪怕最不起眼的下锚之地。逆流而上。顺流而下。在淹没草原的雨中迷失。拒绝所有的岸。

看看这些地方遭受了多少浑浑噩噩的大意。我生命中的时日也是如此。只能如此。没有别的可能了。

女人从不说谎。真相总是从她们身体最隐秘的皱褶中淌出。它被交由我们以一种严苛的节制来解译。许多人不曾完成，就死在意义无处可逃的盲目中。

有两种金属可以延长寿命，有时还能带来幸福。不是黄金、白银或类似的东西。我只知道它们是存在的。

假如我跟着商队继续走。假如我死去，被骆驼夫埋在高原辽远的天空下，覆盖着骆驼的粪便。假如是这样更好，好得多。其他的，其实都没什么好说的。

许多其他句子，正如前文所说，已经消失在穿过昏暗过道的手和身体的摩擦中。这里提到的似乎是最受荒野上的人青睐的那些。当然，它们暗示着瞭望员曾经活过的日子，因记忆的偶然性而最终停在这些地方。这种记忆在永远熄灭之前，仍旧摇摆不定。

亚历山大·谢尔盖耶维奇[1]之死

他倚在书房的酒红色真皮沙发上,腹股沟持续传来剧烈的刺痛,高烧像摸不着的野兽般侵袭他,开始料理他最私密的事务,他的梦想和他最古老的、扎根于诗人灵魂深处的堕落。

他就在那里,亚历山大·谢尔盖耶维奇,像受伤的小牛一样对着黑暗晃动脑袋,逐渐忘记,逐渐理解:以他失序的心跌跌撞撞地寻找。人们拉上书房的窗帘,他被军官从决斗地点带回来安置在那里。有人哭了。楼梯上急促的脚步。哭喊、低哑的啜泣、祈祷。陌生的面孔凑过来看他。一位牧师低声祷告,将十字架放在他的唇边。他无法透过成团的灰色油腻胡须,看清那张没有牙齿的嘴里发出的话语。一串毫无

---

[1] 亚历山大·谢尔盖耶维奇·普希金(Aleksandr Serguéyevich Pushkin, 1799—1837),因法国流亡贵族丹特斯与他妻子娜塔丽娅·冈察洛娃的暧昧关系而向丹特斯发起决斗,在决斗中腹部受伤,于两天后去世。

意义的声音。

时间在一种无法控制的眩晕中流逝。场景没有变化。就好像生命停在那里等待什么。一扇门悄然打开。

一个白色的存在靠近看他。是个非常漂亮的女人。大大的黑眼睛。光洁红润的肌肤，清澈的脸庞。她的头发也是深色的，乌黑的头发泛着蓝色的光，发带遮住了部分前额和脸颊。领口托出两个乳房，圆润得显而易见，随着无法抑制的啜泣中断续的呼吸节奏而缓缓晃动。

这美艳至此的幻象是谁？由于发烧，这美与腹股沟的刺痛混在一起。痛苦将他带到自己的领域，突如其来的黑暗从深处显现，从他身体某个已开始变得陌生和遥远的部分。那个女人来自另一个时代。林中的马队、纯净滂沱的幸福、一种青春和一种蓬勃的笃定。一切都陌生、遥远、难以捉摸。女人惊愕地看着他，像一个弄坏了玩具的孩子，以一种纯然天真的无助姿态等待他的指责。她对他说话。说了什么？疼痛钻刺着他的脏腑，让他无法集中精力去理解那些词语，尽管它们可能掌握着正在发生的一切的关键。但是，这样的美真的会存在吗？在传说里。是的，在那片广袤土地的传说里，那片土地上有奇迹、壮举、无尽的森林和金顶的教堂。喷泉下。在高加索？这一切的地方。他不能再想了。疼痛突然升至他的胸口，让他毫无知觉地躺在沙发上，像一个张开双腿的洋娃娃，他的血逐渐干涸，混入皮革的颜色。几乎只有微弱的光亮继续存在，那里，在深处。它开始晃动，变成一个颤抖的蓝色光晕，马上就要熄灭，突然之间，他在痛苦的绝望急切中寻找的名字冒了出来：娜塔丽娅·冈察洛娃！那一瞬间，在昏暗的光芒永远熄灭之前，他以令人眩晕的清醒理解了一切，但那已毫无意义。

科科拉[1]

我留在这里,照看这片矿区,已记不清多少年月。一定很久了,因为通往矿洞与河岸的小路已经消失在灌木和香蕉丛中。几棵番石榴树长在小路中间,结了许多次果。这一切肯定已经被它的所有者和开采者遗忘,并不奇怪,因为无论他们挖得多深,无论从主矿道上开出多少分支,都没有发现任何矿石。我是一个海上的人,对我们来说,港口不过是露水情缘和妓院纷争的短暂由头,我仍从骨子里感觉到桅帆的晃动,我曾爬到它的最高点眺望地平线、报告暴风雨的来临、视野中的海岸、成群的鲸鱼和像醉汉一样靠近的纷杂鱼群;我在这里停留,参观那些迷宫的阴凉黑暗,那里吹过清冷潮湿的风,带来声音、哀叹、昆虫无休止的顽固嗡鸣、黑蝶的振翅或迷路在坑底的鸟儿的啼鸣。

---

[1] 科科拉山谷(Valle de Cocora)位于哥伦比亚金迪奥省,该省曾经富含金矿,科科拉山谷中也进行过多次开采。

我睡在名为"阿尔费雷兹"的矿坑里,那是最不潮湿的地方,正对着悬崖,峭壁之下是湍急的河水。雨夜里,我的嗅觉预感到涨潮:一种泥泞刺鼻的味道,伤折的植物和撞上石头的动物的气味;一种隐隐的血腥味,就像某些在热带艰苦气候里劳作的女人所散发的味道;一个世界的味道,当潮水以毁灭性的狂怒上涨,它便溶散在河流的混乱沉醉中。

我想为我在漫长的闲暇之日里看到的一些事情作证。在此期间,对这些深坑的熟悉使我已经截然有别于多年来在河海中漂泊的自己。也许廊道的酸性气息已经改变或锐化了我的官能,使我得以察觉到居住在这些不幸洞穴中的秘密的、难以捉摸但极为丰富的生命。让我们从主矿道说起。一条刺桐大道穿过它,经久的橙色花朵铺出一条地毯,有时会延伸到空间深处。越往里走,光线越暗,但那些被风吹到深处的花上还留着难以解释的亮光。我在那里住了很长时间,我稍后会解释我不得不离开的原因。临近雨季时,我听到一些声音,难以辨认的低语,就像女人守灵时的祷告,但一些不会出现在葬礼上的笑声和争执让我想到了一些洞穴里总会发生的臭名昭著的活动。我开始破译这些声音,在全神贯注地听了许多日夜后,我终于听出了"比亚纳"这个词。那时我似乎患上了疟疾,躺在临时搭成的木板床上。我神志不清了很长时间,多亏了高烧在混乱的症状中产生的清醒效果,我得以理解女性的交谈。她们甜蜜的态度和明显的谎话让我落入一种沉闷而屈辱的恐惧中。一天晚上，不知在谵妄的什么隐秘推动下，我坐起来大叫，声音在矿墙上久久回荡："闭嘴，你们这些婊子养的！我曾是比亚纳亲王的朋友，请各位尊重这至高的苦难，不可拯救者的冠冕！"一片沉默，越发寂静，我叫喊的回声消失了，独留我在发热的边缘。我等了一整夜，躺在那里，泡在恢复健康的汗水中。仍是一片寂静，甚至压灭了那些最渺小生物用树叶和唾液编织无法触摸之物的劳作所发出的微弱声音。乳白的清亮向我宣告白日的到来，我尽我所能地走出了那个矿道，再也没有回去。

另一个坑道被矿工们称为"维纳多"[1]。它不是很深，但不知道工程设计有什么手段，那里笼罩着绝对的黑暗。只有依靠触摸，我才熟悉了这个地方，那里满是工具和小心钉上的架子。这些东西散发出一种无法描述的气味。就好像从最不可思议的金属里提取出最秘密的物质，用它做成的胶状物的香气。但我在那个坑道里停留了无数几乎失去理智的时日，是因为立在那里的某样东西，在坑洞深处，靠在尽头的墙上。如果不是所有部件都无法移动的话，它应该可以被称为某种机器。形状和大小各异的金属部件，圆柱体，球体，强硬且严丝合缝地安在一起，形成难以言喻的结构。我永远也找不到这个倒霉构造的边缘，也无法测量它的比例。它四

---

[1] 原词也有"鹿"的意思。

角固定在岩石上，扬起光滑坚硬的经线，好像打算成为世上虚空的绝对代表。我一周又一周地抚摸复杂的连接、僵硬的齿轮、冰凉的球体，直到双手疲倦不堪。某天我逃走了，因为惊恐地发现自己在哀求那莫可名状的存在向我透露它的秘密、它终极确切的缘由。我也再没去过矿区的那片地方，但在某些炎热潮湿的夜晚，那些金属的无声存在会出现在我的梦中，恐惧让我从床上直直坐起，心惊肉跳，双手颤抖。无论多浩大的山崩地裂，都无法毁灭这种依附于永恒的、难以招架的机械学。

第三条矿道就是我一开始提到的叫作"阿尔费雷兹"的那个。这是我现在住的地方。有一种平和的昏暗延伸到隧道的最深处，那下面，河水撞击着岩壁与河床的巨石，给周边带来某种愉悦，虽然微末，但也足以打破我这个废弃矿井看守人的无尽的厌倦。

诚然，不时有淘金者来到河的这段上游，用木盘淘洗岸边的沙子。粗制烟草的酸雾向我宣告探矿者的到来。我下去看他们工作，聊上几句。他们来自遥远的地区，我几乎不懂他们的语言。我惊叹于他们在这细致又回报甚微的工作中深不可测的耐心。对岸甘蔗种植者的妻子们每年也来一次。她们在流水里洗衣服，把衣物敲在石头上。我由此得知她们的存在。我同一个又一个跟我来到矿上的女人有过关系。都是匆忙而匿名的交遇，快感很少，更多的是出于感受另一个身体贴着我皮肤的需要,以及,哪怕在这样短暂的接触里,骗过那消磨我的孤独。

总有一天我会离开这里,沿着河岸走下去,直至找到通往荒野的路。希望那时遗忘能帮我抹去在这里度过的悲惨年岁。

选帝侯[1]的梦

致米盖尔·费尔迪南迪[2]

从施派尔帝国会议[3]返回时,选帝侯在通往他领地路上的一家旅馆过夜。那里,他做了一个梦,这个梦永远困扰着他,频频造访直到他生命的最后一天,只在氛围和图像上略有变化。而这些变化只会进一步加重他惊骇的失眠。

这是选帝侯的梦:

他正穿过一条狭窄的山谷,四周是植被丰茂的陡峭山坡,草茎挺立在酷夏静止的晴和中。突然,他察觉到山顶上流下源源不断的水。起初几乎只是一种湿气,缓缓从植被根系间泄出。然后成为溪流,伴随着河道涨水的哗哗声。很快,它们变成冲向谷底的宽阔瀑布,威胁着要用凶猛恣肆的

---

[1] 选帝侯(Príncipe elector)是有权选举神圣罗马帝国皇帝的德意志诸侯。
[2] 米格尔·德·费尔迪南迪(Miguel de Ferdinandy,1912—1993),匈牙利历史学家。
[3] 施派尔是德国莱茵河畔的一座城市。1529年神圣罗马帝国在此召开帝国会议,要求开始执行此前沃尔姆斯会议的法令,将马丁·路德判为异端,禁止帝国公民传播他的思想。

压力淹没小径。一种模糊的恐惧，一种沉钝的恐慌开始侵袭旅者。震耳欲聋的轰响从山顶传来，选帝侯突然意识到，水从上面冲下来，就像一股空前的巨浪袭向这片土地。他马匹前进的狭窄小路上几乎看不到一条可以轻松穿过的水流。只需几秒，他也将被埋葬在毁灭性的无边混乱中。

他在床上换了个姿势，有片刻回到浅层睡眠，然后重新落入沉睡的无底深渊。他在一条河的岸边，淡红的矿物色河水流淌在巨石之间。石头表面光滑，被水流打磨出柔和圆润的形状。酷热潮湿的高温，被太阳晒焦的植物和腐烂的未知果实弥漫的香味，都给这个地方带来一种对睡梦中的人而言完全陌生的氛围。偶尔，水停滞在缓流处，透过含铁的澄澈河水，可以看到黏土般的河底。

选帝侯脱下衣服，走入一处缓流。一种幸福和凉爽的愉悦抚慰他的四肢，长时间的骑行和炙热的天气耗尽了他的力量，让他的四肢陷入麻木。他在水中走动，逆流而上，完全沉浸在那种沁人心脾的清爽的愉悦中。一股陌生的气息让他回头看向岸边。在齐膝深的水中，一个赤裸的女人注视着他，她古铜色的皮肤在腋下和耻骨的褶皱中更加深沉。性在大腿根萌芽，没有任何毛发遮掩。宽大的脸庞和细长的眼睛让他模糊想起年少时在瓦拉几亚的表兄弟领地里见过的那些鞑靼骑兵。深邃的黑瞳透过眼睑的缝隙看着他，带着一种植物般的、高傲的朦胧睡意。她的头发，同样是黑色的，浓密而光亮，垂到肩上。硕大的乳房上现出粗厚挺立的乳头，被巨大的深褐色斑点环绕。选帝侯从不知道这些性征。他从没见过这样的存在。他轻轻地游向雌性，被嘴唇上暗含的微笑所邀请，这肥厚的嘴唇上有一种野性而柔软的动态。他来到大腿处，双手抚过它们，一种前所未有的快感像瞬间的高烧或无情的谵妄一样侵袭了他。他坐起来，紧贴着灵活湿润的光洁身体，紧贴着驯顺的古铜色皮肤，它让他初尝欲望的快感，这欲望之新奇和毁灭性将他变成了一个不同的人，远离时间，远离罪恶的肮脏买卖。

远处传来沙哑的笑声。笑声来自一个靠在某块石头上的人，像一只蜥蜴在峡谷的灼热阳光下伸展。他身上披着看不出是什么的破布烂衫，从他被粗硬的灰白胡须占据的脸上，只能依稀看到眼睛，里面有所有道路的沉醉和无尽航行的经验。"不，尊贵的殿下，你仿佛拥在怀间的肉体的幸福并非你的。回来吧，先生，回到你的路上。如果可以，试着忘掉这个注定不属于你的时刻。这回忆有侵蚀你年岁的危险，它最终不过是：一种不可能的记忆，在你不被允许进入的区域所产生的快乐。"选帝侯为他话中的自信而感到不快。他也被预言的确定性和某种清晰显露的讽刺所激怒，这种讽刺不仅展现在声音里，更体现在男人说话的姿势上：躺在光滑的岩石上，无精打采，远离且漠视着神圣帝国选帝侯的存在。那个雌性已经消失，河水不再有吸引他沐浴的那种清爽凉意。

厌倦与灰烬的沉闷烦躁推使他不快地醒来。他感到命运的召唤,这命运沾染着他生命上重压着的厌烦与狭隘,但他从来不曾察觉,直到那天晚上在前往领地的路上,他休息在希尔德斯胡特旅馆的时候。

桑布兰之约

致波利卡波·巴龙[1]

寄居在桑布兰[2]辽阔温凉的夜晚里,两个男人开始平淡的对话。言语编织着死亡惯常的废旧之物。

对阿科塞尔·海斯特来说,这并不新鲜。在少年时父亲的自杀之后,他多年来对此越发熟悉。他学会看见死亡,在同龄人的步子里,在每个词中,在每个路遇的人常光顾的地方。

对琼斯先生而言也是一样熟悉,但他更愿意完全参与死亡的计划,帮她[3]完成任务,成为她的使者、她熟练而委婉的帮凶。

对话在桑布兰平静无风的黑暗中开始,一个新的元素开

---

[1] 波利卡波·巴龙(Policarpo Varón, 1941—),哥伦比亚作家、教师。
[2] 出自波兰裔英国作家约瑟夫·康拉德的小说《胜利》,小说主角阿科塞尔·海斯特浪迹在东印度群岛中。一次,他偶然从一个暴戾的旅店店主手中救了一个名叫莱娜的女小提琴手,并一起到桑布兰岛上隐居生活。诗中后文出现的"琼斯"是被旅店店主派来寻仇的三个流氓之一。
[3] 死亡(Muerte)在西语中是阴性词。

始从熟悉的词语中凝练出来：厌倦。他们互相都已从对方的声音中发现了在全然绝望中熬过如此之久的疲惫不堪。

就是现在，即将死去的人对自己说："那么，就是这样吗？我以前怎么会不知道呢，如果一直是这样。我怎么会有一刻设想它与此不同。"

人的死亡只有一种，总是一样。无论是海斯特与之清醒的交情，还是琼斯先生献上的徒劳共谋，都分毫无法改变人类单调的结局。在桑布兰辽阔的没有星星的夜里，老婊子完成了她沉重的日常工作。

河口

驶入河口前,还有机会让瞭望员回顾他生命中的一些时刻,从中规律而快乐地持续淌出他生命的缘由,总能战胜死亡温柔召唤的一连串理由。

他们乘坐一艘生锈的驳船顺河而下,这条平底船曾被用于向高地运送燃料油,多年前就已退役。一台柴油发动机在糟烂金属的轰鸣中气喘吁吁地推着船。

平底船上有四位旅客。他们以水果为食,其中许多还没熟,都是他们停下来修理那些该死机件的故障时摘的。有时,他们也会吃些淹死并漂浮在泥浊水面上的动物的肉。

有两个旅行者在吞食了一只水貂后在无声的抽搐中死去。被杀的时候,它怒目圆睁地注视着他们。在莫名其妙的痛苦死亡之前,两颗红宝石显出癫狂的炽烈。

于是,瞭望员的同伴只剩一个女人。她在妓院的打斗中受了伤,从内河的某个港口上船。她的衣服被撕破了,披散的深色头发因凝固的斑驳血迹而打结。她身上散发出一种酸甜的味道，介于果香和猫科动物的味道之间。女人的伤口很快愈合，但疟疾让她只能躺在吊床上，挂在不牢固的锌皮顶棚的金属支架上。这顶棚保护着船舵和发动机的控制装置。瞭望员不知道这位病人的身体颤抖是因为发热还是因为螺旋桨的巨大震动。

瞭望员控制着航向，在河道中间，坐在木板凳上。他让船随波逐流，没太费劲就避开了靠近河口越发频现的漩涡和沙洲。那里，河流开始与海汇合，在泥泞咸涩的地平线上蔓延开来，无声而平和。

一天，发动机突然熄火。这些金属一定是在承受了不知多少年的嘈杂重压下终于屈服了。一片寂静笼罩了旅客们。然后，水流拍打扁平船头的哗哗声和病人微弱的呻吟让瞭望员陷入热带地区的昏昏欲睡。

就在那时，在饥肠辘辘的清醒谵妄中，他得以分辨出最熟悉的、反复出现的迹象，它们滋养了他生命中某些时间的物质。以下是瞭望员马克洛尔在漫无方向地驶入河口的潮淹区时想起的一些时刻：

  一枚硬币从他手中滑落，在安特卫普港的一条街上滚动，消失在涵洞的排水口中。

一艘停下等待水坝开闸的驳船的甲板上,一个女孩晾衣时的歌。

阳光把床板镀成金色,那里他和一个女人共度了一夜,但听不懂她的语言。

林间的风带来清新舒爽,让他在到达"沙砾"时恢复元气。

在图尔科利马农[1]一家酒馆里与奇迹勋章卖家的对话。

激流的咆哮声掩盖了咖啡园里那个女性的声音,她总在所有希望破灭时到来。

火,是的,火焰以不可阻挡之势舔舐着摩拉维亚一座城堡的高墙。

河岸街[2]一家脏污酒吧里的碰杯声,在那里他了解了邪恶的另一面,它在众人的冷漠前缓慢且毫无波澜地展开。

---

[1] 疑为希腊 Mikrolimano 港,曾用名 Turkolimano。
[2] 伦敦西敏市一条著名街道,或音译为"斯特兰德",曾出现在伍尔夫、艾略特等许多作家的作品里。

两个老妓女假装的呻吟，在伊斯坦布尔的一个小房间里，窗户俯瞰着博斯普鲁斯海峡，她们赤身缠绕着，模仿着欲望的老旧仪式。出神的眼睛盯着污迹斑斑的墙壁，眼妆顺着她们看不出年龄的脸颊滴落。

想象中与比亚纳亲王的漫长对话及瞭望员在普罗旺斯的一次行动计划，旨在为阿拉贡家族的不幸继承人拯救一份不可能的遗产。[1]

枪支零件在仔细清洁后刚抹上油时的滑动。

那天晚上，当火车停在灼热的洼地中。星星的乳白光芒中，流水撞击巨石的声响几不可察。香蕉丛间的哭声。寂寞起效如氧化作用。来自黑暗的植物水汽。

关于他过去的所有故事和谣言，累积成另一种面貌，始终在场，当然，比他这个由厌恶和梦所组成的苍白徒劳的存在更加亲切。

---

[1] "比亚纳亲王"，或译"维亚纳亲王"，是纳瓦拉国王卡洛斯三世为外甥，即阿拉贡国王胡安二世与纳瓦拉女王布兰卡一世的儿子卡洛斯四世所设立的头衔。但在卡洛斯三世去世后，本该由卡洛斯四世继承的纳瓦拉王位却一直被其父胡安二世所把控。

木头的一声脆响，把他从兰帕尔街简陋的旅馆里吵醒，半夜里，把他留在那个彼岸，那里只有上帝才能掌控我们同类的命运。

那个男人颤抖的眼皮，他敏锐觉察自己已置身死亡之手。他不得不杀人，嫌恶而无悔，只为留住一个他已无法承受的女性。

全部的等待。全部的虚空，花费在手续、批示、旅行、空白日子、错误行程等蠢事上的无名时间。在他滑向死亡的伤痛阴影中，他向自己的全部生命索要一点未被使用的、他相信自己有权要求的东西。

几天后，警卫队的小艇发现这艘平底船搁浅在红树林里。肿胀变形的女人散发着难以忍受的恶臭，浓厚如同无边的沼泽。瞭望员蜷缩在船舵下，瘦弱的身体像被太阳炙烤的根须一样干枯。他双眼大睁，一直盯着那片临近的、无名的虚空，死者在那里找到活着流浪时被剥夺的平静。

使者

(1984)

叩门的使者正是由你自己唤来,你却浑然不知。

——穆塔马尔·伊本·法西,科尔多瓦的苏菲派诗人

(1118—1196)

迷失的缘由

致阿拉斯泰尔·里德[1]

我来自北方,

那里人们锻铁,加工栅栏,

制造锁和犁,

不倦的武器,

巨大的熊皮

铺盖墙壁与床,

牛奶等待星星的信号,

北方,所有声音都是指令,

雪橇停在

无翳的天空下。

我去往东边,

向着最温暖的

---

[1] 阿拉斯泰尔·里德(Alastair Reid, 1926—2014),苏格兰诗人,拉美文学译者与研究者。

黏土和淤泥的河道

向着海量雨水所滋养的

植被的耐心无眠；

去往河口，向着三角洲

那里光线专注休憩在

死亡之木兰上，

炎热揭开广袤之地

那里果实腐败，

不倦的昆虫

以鞘翅搅动着

昏沉的午觉。

然而，我还是更爱

毛皮的帐篷，克制的沙，

沙丘间匍匐的寒冷，

那里水晶唱出

惊骇的痛苦，

被风挟卷在

坟丘与路牌间

偏移商队的方向。

我曾来自北方，

冰雪摧毁了迷宫

那里钢铁完成

历险的信号。

我说的是旅行,而非路程。

东边月亮守夜

那里的天气

正合我的伤口所求,

以慰藉一种顽固而不可救药的惊惧。

孩子,你属于托勒密

孩子,你属于托勒密[1]。

你脸庞的海底之义,

你被堤上的海水飞溅的皮肤,

以及你在卧室中的步伐

——赤身裸体,仿佛身披应有的斗篷,

都宣告了这点。

你手中还有那力量的标志,

那风侍奉且服从你的双手

当你定义事物,

指示它们在世上的位置。

在岁月的弯折中,

它再次,完好,

---

[1] 原文的"Lágidas"是托勒密王朝的别称,源自托勒密一世的父亲(一说养父)拉古斯(Λάγος)。

甚至没有

被时间之沙磨损,

那香气护卫了你的青春

指示你为托勒密家族

真正的继承人。

我自问你如何做到

战胜时间与死亡的

日常损耗。

也许这是确切的标志

指示你的出身,

你转瞬即逝的三角洲王国的继承人身份。

当我双臂举起

迎接死亡,

你会在那里,再次,完好,

让通路更为便易,

因为你将永远如此,

因为,孩子,你属于托勒密王朝。

加的斯

致玛丽亚·帕斯和马诺洛

经过漫长的时间,广阔的岁月,

数个世纪,被无垠水域的喧嚣

所惊扰的迁徙

坐落等待

直至混入钙质尘土,

直至没有任何痕迹,唯有死亡

穿戴来历不明的杂色饰物,

埃及的金龟子,

装有腓尼基药膏的小瓶,

希腊[1]的武器,伊特鲁里亚的冠冕,

这一切,还有更多,

变成太阳

---

1 原文的 Hélade 是希腊的古称之一,现已很少使用。该词来源于古希腊今色萨利中部地区居民的自称 Ἑλλάς,后逐渐演变成对整个希腊的代称。

无尽照晒之物，

此后，石头

成为洁白多孔的存在，

微小的迷宫，

细末与短暂的废墟，

同样的还有墙壁、庭院、城墙、

最隐秘的角落与空气本身

——在抛光的透明里，

被时间、光线及其生物穿透。

我到达这里，知道它永远

是未曾触碰的中心，

那里淌出我的梦，我最隐秘的领土、

我漫游过的王国的入迷汁液，

我是它奥秘的孤独编织者，

主宰着蚕食它的光，

对这处遗迹，

人类不曾知晓任何消息，

也无法支配哪怕一小片土地。

在我祖辈曾玩耍的院子里，

有古朴水井和高高的围墙

墙壁磨刻得仿佛永恒的石珊瑚，

在嘉布遣大街的房子里

我曾再次被永恒揭示

我名字的隐藏暗码,

血液的秘密,先祖的声音。

现在我为这个港口命名,

它由阳光与盐建造,

为了从时间中赢来大片区域,

我说出加的斯,以规整我的守夜,

以便不再有人或事徒劳地想要

再次剥夺我的继承权,那是

"为我而存在的王国"。

比亚纳葬礼

纪念埃内斯托·沃尔克宁[1]

今天,在比亚纳圣玛利亚教堂下葬了
切萨雷[2],瓦伦蒂诺公爵。主持葬礼的是
他的妻弟,阿尔布雷特的胡安,纳瓦拉国王。
在教堂的狭窄空间,
晚期哥特式的高耸中殿里,
聚集着神职人员和装备武器的人。
大蜡烛、陈旧的汗水和士兵的
皮带与饰物的味道在多雨的清晨
浓厚地飘荡。修士的声音
从唱诗班里传来,带着晶莹的、永恒的宁静。

---

1 埃内斯托·沃尔克宁(Ernesto Volkening, 1908—1982),哥伦比亚作家、电影批评家。
2 切萨雷·波吉亚(César de Borja, 1475—1507),意大利贵族,军官,曾被教皇儒略二世囚禁在西班牙,越狱后成为纳瓦拉国王胡安三世的将领,后在任内战死。

你任凭我吧,

因我的日子都是虚空。

人算什么,你竟看他为大,

将他放在心上? [1]

切萨雷躺着,略显惊恐,

略显不适的等待。脸上

被自己马的蹄铁踩踏的伤口

仍留有礼貌的抵抗,

克制的力量,模糊的恼怒,

这表情在生前为他带来诸多敌人。

紧闭的嘴似乎在压抑

唇上军人的怒骂。

他的双手修长漂亮,一如他妹妹

埃斯特公爵夫人卢克雷齐娅的手,

勉强抵住勃艮第公爵的赠剑。

武器和马刺在地砖上碰撞,

在木头与大理石的闷钝摩擦中

椅子倒下,骑士的礼仪手套

捂住一声咳嗽。

---

1 楷体部分原文为拉丁语。内容出自《圣经》中《约伯记》第 7 章 16—21 节,此处译文摘自中文和合本。

军队的痛苦寂静多么惊异,

面对他的死亡,他一直活在

军营的喧闹、

战斗的轰鸣和罗马节日的

音乐与笑声中。不可思议,

这柔和的声音将永远缄默,

它曾以刚硬粗粝的加泰罗尼亚口音

下令处决犯人,

以发热和困倦的气息

念诵贺拉斯的长段,或

在女士们耳边低语一个野蛮的提议。

切萨雷多么糟糕的死亡之约,

瓦伦蒂诺公爵,罗马教宗亚历山大六世

与瓦诺莎·卡塔内夫人之子。

他逃离梅迪纳德尔坎波的监狱

来到潘普洛纳,是为了

支持妻弟与阿拉贡的费尔南多的斗争。

在纳瓦拉首府阿尔布雷特家族的宫殿,

他负责指挥军队的行进,

雇佣兵的招募与支付,

探子的任务与据点的占领。

死亡不在他的计划之内。

至少不是他自己的死亡。三十二岁的年纪，

他有与众不同的忧虑与无眠。

纳瓦拉的军队在比亚纳前驻扎。

阿拉贡人开始泄气。

没有明显的原因，没有可解释的动机或目的，

黎明时分，公爵冒着大雨外出，

去向前哨站。他的侍者胡安尼托·格拉西卡跟着他。

在一处拐角，他跟丢了切萨雷的身影。

费尔南多的盟友，博蒙特公爵的

二十名士兵，碰上了瓦伦蒂诺公爵；

大雨让他们得以靠近。

直到他们出现在他身前时，他才发现。

在圣玛利亚教堂的人群中，

奇异与惊诧仍然存在

因这死亡与切萨雷的机敏计划相去甚远。

司仪在祭台上祈祷，唱诗班回应：

主，你总是怜悯

与宽恕，我们向你祈祷，

为你仆人的灵魂，

今天你已下令让他离开这个世界。[1]

---

[1] 楷体部分原文为拉丁语，是葬礼弥撒的一段。

高大的石墙，

聚集的细柱，耸入

穹顶的黑暗中，让歌声

赤裸地突显，无处可逃地回荡。

只有上帝倾听、决定并赐予。

在场的所有人似乎都消失在

司仪的词语里，切萨雷

借它们向上帝祈求生命中

从未设想的恩典：怜悯。

为他的错误与堕落而忏悔

甚至不曾占据他生命的分毫。

切萨雷的日子不曾安宁，瓦伦蒂诺公爵，

罗马涅公爵，乌尔比诺的领主。

从什么隐秘的源头淌出

他激情的迷醉能量和姿态的冷淡镇定？

不等他去世，人们已经开始

编织他生平的传说。其中一些

偶尔传到他耳中。他脸上

没有对此显露丝毫兴趣。

一种伏天的潮湿萦绕在教堂

麻痹着在场者的四肢。

高处剑与长戟的

精赤钢铁发出冷白的光,

淡漠冰凉的光晕。战争的器具

散发出克制的疲倦的酸气。

主啊,请赐予他们永恒的安息,

让恒久的光照耀他们。

义人被纪念,直到永远:

他必不怕凶恶的信息。[1]

纳瓦拉国王胡安注视着

姐夫僵硬的面容

映着蜡烛的光

影影绰绰。他想起

切萨雷几天前给他的

关于击破阿拉贡防御工事的建议;

他语言的精确,经验的简洁明智,

手势的严谨克制,

远远有别于教堂的无尽倾颓里

他脸上发热般的混乱。

今天他们绞死了希梅内斯·加西亚·德·阿格雷多,

---

[1] 楷体部分原文为拉丁语。前两句出自安魂弥撒(Requiem)的进堂咏(Introitus)首句;后两句出自《圣经·诗篇》第112章,中文取自和合本译文。

用长矛将他打下马的人。

他脸上还留有当时的恐惧,

当公爵如猫科动物般绝望抵抗。

被打倒在地,被进攻者的长矛

刺得遍体鳞伤,他仍有力气

斥责:"差得远呢,混球们!"

今天,胡安尼托·格拉西卡启程将消息带去

费拉拉的宫廷。难以想象

卢克雷齐娅夫人的痛苦。他们深爱彼此。

从孩提时代起,每当在潘普洛纳收到妹妹的消息

切萨雷都要品评一番过去的日子。

死者的仪式结束。队列

默默走向主祭坛,

进行安葬的地方。公爵的侍从

合上棺材,将它扛在肩上

走向他安息的地方。

阿尔布雷特的胡安带随从参与了

棺材葬入圣地的仪式,死者生前

是杰出的军人,领地上谨慎公正的统治者,

列奥纳多·达·芬奇的朋友,

他果敢处决侵犯他领地的人,

无尽满足他的感官,

勤勉阅读拉丁语诗：

切萨雷，瓦伦蒂诺公爵，罗马涅公爵，

教会的旗手[1]，

值得尊重的波吉亚、米兰和蒙卡达后裔，

在加泰罗尼亚和瓦伦西亚

挥舞旗帜的尊贵绅士

罗马教廷的庄严枢机。

愿上帝怜悯他的灵魂。

1　Gonfaloniero，中世纪和文艺复兴时期意大利城邦的重要职位。

瞭望员来访

致希韦尔托·阿塞韦斯·纳瓦罗[1]

他的容貌已经完全改变。并不是看起来更老，或因岁月的流逝和他常出入的恶劣气候而更加衰迈。他离开的时间并没有那么长。是别的东西，从他垂落的疲倦眼神中流露出来，压覆在他的双肩。这肩膀已经无法灵活示意，只保持僵硬，好像已无需经受生活的重压与幸福和苦难的鞭策。低哑的嗓音带着天鹅绒般不偏不倚的语调。像是因为无法忍受他人的沉默而开始说话。

他把一张摇椅搬到走廊，这里可以望见河岸上的咖啡园。以等待的姿态坐下，仿佛即将吹来的晚风能为他那深沉却无常的不幸带来一丝解脱。远处水流的击石声伴着他的话语，为他单调的絮语增添了一种浅淡的欢快。总是同样的内容，但如今浸在冷漠乏味的老生常谈中，泄露出他的现状：

---

[1] 希韦尔托·阿塞韦斯·纳瓦罗（Gilberto Aceves Navarro, 1931—2019），墨西哥画家、雕塑家。

无可救药的败北，成为虚空的人质。

"我在瓜西莫的浅滩卖女装。节庆日里，荒原上的女人总从那里过河。因为不得不蹚过河水，即使她们试着把下摆卷到腰上，衣服也还是会被打湿。为了不这样进城，她们会来找我买件新的。

"以前，那些强壮的褐色大腿、圆润结实的屁股，以及鸽子胸脯般的腰腹，很快就会让我陷入难忍的癫狂。有一天，我正为一个微笑的绿眼睛女孩比量一条印花棉布裙，她善妒的兄弟以为我在同她调情，举着砍刀向我走来。她及时阻止了他。突如其来的厌烦让我在几个小时内甩卖了商品，一走了之。

"就是那时候，我在烂尾铁轨的废弃车厢里住了几个月。我曾经跟您说过这件事。不过那不重要。

"然后我下到港口，被招进一艘货船，它在大雾与极寒里沿岸航贸。为了消遣解闷，我常去锅炉房给司炉们讲勃艮第最后四位大公爵的故事。锅炉的咆哮和连接杆的轰响让我不得不喊着说话。他们总要我复述无畏者约翰[1]在蒙特罗桥上被奥尔良派人士刺杀的故事，或是大胆查理与约克的玛格丽特的婚礼庆典。在穿越迷雾和冰山的无尽旅程中，我没有做任何其他事情。船长忘了我的存在，直到有一天水手长告

1　无畏者约翰（Juan sin Miedo, 1371—1419），法国贵族，与下文的"大胆查理"（Carlos el Temerario, 1433—1477）一样，都曾任勃艮第公爵。

诉他,说我不让司炉好好工作,叫他们满脑子都是关于刺杀和暴行的骇人故事。他某次撞见我讲述最后一位公爵在南锡的结局[1],谁知道这个可怜人想象出什么。我被扔在斯海尔德河[2]上的一个港口,身无长物,只有打着补丁的破布和圣拉撒路高岩墓地的无名坟冢清单。

"那段时间,我在马约尔河的制糖厂门口组织了布道和颂歌活动。我宣称一个新的上帝之国即将到来,这个王国将有一套严格细致的关于罪恶与悔罪的变换流程,这样,日日夜夜,每时每刻,都可能有出乎意料的惊喜或短暂但强烈的快乐在等着我们。我卖出一些小纸片,上面印有祈求善终的连祷文,总结了教义的要点。我几乎忘记了所有祷词,但有时会在梦中记起三句:

生活之轨,放下你的疑虑

水的眼睛,收起片片影子

污泥的天使,剪断你的翅膀

"我常怀疑这些句子是真的出自连祷文,还是源于我某个反复出现的哀恸的梦。现在不是纠结真相的时候,我也不

---

1 最后一位勃艮第公爵,即上文的"大胆查理",1477年在南锡战役中战死,并未留下男性继承人,法奥两国借机瓜分勃艮第公国的领土,勃艮第公国就此灭亡。
2 斯海尔德河(Escalda),也按法语译作"埃斯科河",发源于法国,流经比利时,最终在荷兰入海。

感兴趣了。"

瞭望员突然不再讲述他愈发艰难的旅行,而是开始一段长长的独白,语无伦次,意义不明,我不知为何感到一股朦胧的厌烦,但还是痛苦却忠实地记住了它。他继续说:

"因为,毕竟,所有这些工作、际遇和地点都不再是我生活的真正实质。以至于我不知道哪些出自我的想象,哪些是真实的体验。多亏它们,我借此徒劳地尝试摆脱一些执念。这些执念的确是真实、持久且确定的,它们编织了我世间之行的最终情节与显著命运。要分门别类地命名出来并不简单,但大致是这些:

"以童年某些日子曾有的幸福,来换取生命的过分短暂。

"延长孤独,不必害怕遇到真正的自己,那个与我们对话但总隐匿自身以避免让我们陷入无望恐惧的人。

"要明白,没有谁倾听谁。没有谁了解谁。要明白语言本身就是一种欺骗,一个陷阱,它遮盖、伪装并掩埋我们梦想与真理的建筑,一切都以不可言说的标志指示。

"最重要的是,学会别去相信记忆。我们自认为记得的东西与事实完全不同。多年后,记忆将多少痛苦恼人的厌烦时光变成光华璀璨的幸福片段返还给我们。怀旧是帮助我们更快靠近死亡的谎言。也许,众神的奥秘就是活着但什么也不记住。

"当我讲述我的流浪、我的堕落、我痴傻的谵妄和隐秘的放纵，只是为了拦下几乎已在空中的两三声野兽的咆哮、洞穴中的嘶吼，借此我可以更有效地说出我真正的感受与存在。但是，无论如何，我在胡言乱语中绕远了，这不是我的目的。"

他的眼睛展现出铅块般的专注，仿佛凝视在一堵厚实的巨墙上。他的下唇微微颤抖。双臂交叉在胸前，他开始慢慢晃动，好像想随着河水淙淙的节奏摇摆。一股新鲜泥土、浸渍蔬菜和腐烂树浆的味道告知我们涨潮的到来。

瞭望员沉默许久，直到夜幕降临，带着令人眩晕的黑暗闯入热带地区。沉静的萤火虫在咖啡园温凉的寂阒中起舞。他又开始说话，并在另一次离题中迷失了。当他深入内心最黑暗的角落时，我已无法抓住其含义。突然，他又开始提起他过去的事情，我又接上他独白的线索：

"我的生活中几乎没什么惊喜，"他说，"而且都不值一提，但对我来说，每一次都有灾难钟声的哀恸能量。一天早上，当我在闷热的河港一家脏破妓院乱糟糟的房间里穿上衣服，我突然发现木墙上挂着我父亲的照片。是他坐在加勒比一家白色酒店大堂的柳条摇椅上。我母亲总把那照片摆在床头柜上，在漫长的寡居生活中一直把它留在同一个地方。'这是谁？'我问那个和我共度一夜的女人，直到那时我才看清她肉体的脏乱和五官的野性。'是我父亲。'她带着艰涩的笑容，咧起牙齿掉光的嘴，用被汗水和贫苦打湿的床单遮住她肥胖的裸体。'我从没见过他,但我母亲,她也在这里工作,她常想起他,甚至保留了他的一些信件,好像它们能让她永葆青春。'我穿好衣服,在宽阔的土路上迷失了。太阳和咖啡馆与餐厅的收音机、餐具和盘子的声响穿透了我,这些地方开始坐满常客——司机、牧人和空军基地的士兵。我有些伤感无力地想,这就是我永远不愿转过的人生拐角。真倒霉。

"还有一次,我留在亚马孙一家医院里接受治疗,因为疟疾的发作让我浑身无力,神志不清。晚上热得难以忍受,但同时,炎热将我从那些眩晕的涡流中带了出来。漩涡的中心是一句蠢话或一个已经无法辨认的声调,高烧绕着它旋转,直到让我所有骨头作痛。在我旁边,一个被毒蜘蛛咬伤的商人正给侵占他左侧身体的黑色脓疮扇风。'就快干了,'他用愉快的声音说道,'就快干了,我很快就会出院完成我的生意。我会变得非常有钱,再也不会记起这张病床和这个只适合猴子和鳄鱼的该死雨林。'他私下合同的业务似乎是为连通该地区的水上飞机交换物资,以换取军队的优先进口许可证,免去关税和其他税费。至少这是我粗略记得的,因为那个人会整夜纠结在生意的细枝末节上,这些细节一个接一个地融入我疟疾症状的漩涡中。黎明时分,我终于睡着,但仍处于伴随我度过深夜的疼痛与恐慌中。'看,这就是所有文件。这他妈能搞定一切。等着瞧。明天我就走,万无一失。'一天晚上他这么对我说,一边激昂地重复,一边挥舞着一把蓝色和粉色的纸,上面有三种语言的印章和铭文。在陷入高烧的漫长恍惚之前,这是我听到他的最后一句话:'唉,多好的休息,多么幸福。这狗屎的一切终于要结束了!'我在一声巨大的枪响中醒来,听着像是世界末日。我又看了看我的邻床:他被子弹打穿的头还在颤抖,软绵绵像腐烂的果实。我被转移到另一个房间,在死亡线上徘徊,直到雨季的凉爽微风让我重获新生。

"我不知道为什么要说起这些事情。我其实是来将这些文件留给您的。如果我们不再见面,您看看怎么处理它们。这是我年轻时的一些信件、当票和我永远不会写完的书稿。这是对瓦伦蒂诺公爵切萨雷·波吉亚前往他的妻弟、纳瓦拉国王的宫廷,支持他与阿拉贡国王作战的隐藏动机的调查,以及他如何在黎明死于比亚纳城外士兵的伏击。许多年前我认为这个故事背后有值得厘清的弯绕与黑暗。我还留给您一个铁十字架,这是我在安纳托利亚郊区一座废弃清真寺花园中的轻步兵墓地里发现的。它总给我带来好运,但我认为已经到了离开它前行的时候。我还留下一些账目和票据,证明我在塞雷诺矿区的炸药厂事件中是清白的。当时我和我的女伴,一个匈牙利巫师,还有一个巴拉圭合伙人,正准备卖掉货物前往马德拉。他们带着所有东西跑了,交账的责任落在我一个人身上。追诉时效已经过去很多年了,但某种秩序感让我留着这些收据，现在我也不想再把它们带在身边。

"好吧，该说再见了。我要下去，开艘空船前往殉道者沼泽，如果我能在沿河找到些乘客，就能赚点钱再出发。"

他站起来向我伸出手，那个手势介于仪式和军礼之间，很有他自己的风格。我还没来得及坚持让他留下过夜，等第二天早上再下河，他就已经消失在咖啡园里。他吹出一首老歌，相当俗气，但曾迷住我们的青春。我一直在翻阅他的文件，从中发现了不少瞭望员从未提及的生活轨迹。就在那时，我听到下面传来他从桥上过河的脚步声，以及这隆隆声在保护桥面的锌皮棚顶上的回响。我感觉到他的离去，开始回忆他的声音和手势。我所察觉到的显著变化又浮现在我的脑海，就像一种不祥的迹象：我再也不会见到他了。

科尔多瓦的街

致莱蒂西亚与路易斯·费杜奇[1]

科尔多瓦的一条街,与许多街道一样,有卖明信片和纪念品的商店,

一家冰激凌店和两家酒吧,桌子沿街摆放,室内贴着鲜艳的斗牛海报,

一条街,长长的门厅通向有着瓷砖喷泉、花团锦簇的花园

笼中的鸟儿沉默,被午觉的闷热笼罩,

一扇扇大门,有石质纹章和被废黜权势的模糊标志;

科尔多瓦的一条街上,它的名字我已忘记,或不曾知晓,

我在人行道的些许荫凉下缓缓啜饮一杯雪利酒。

---

[1] 路易斯·费杜奇(Luis Feduchi Benlliure, 1932—2021)与莱蒂西亚·埃斯卡里奥(Leticia Escario),夫妻两人都是西班牙精神病学家和精神分析师,与许多作家交往甚密。

是在这里而非其他地方，卡门在周边的店里挑选漂亮的摩尔式外衣，

它们在五个世纪后重新回归，来延续安达卢斯[1]摩尔人社区的新鲜愉悦，

科尔多瓦的这条街，与卡塔赫纳、安提瓜、圣多明各或被毁的圣玛丽亚德尔达里恩[2]的许多街道如此相似，

是在这里而非其他地方，一种不可思议的、明白自己身处西班牙的迷醉确定感等待着我。

在西班牙，我曾多次前来寻找这样的时刻，这种灭顶的启示，

奇迹出现，我慢慢步入无尽的幸福

被气味、回忆、战斗、叹惋和无路可退的激情包围，

所有那些面孔、声音、愤怒的呼求、温柔悲痛的巫医之术；

我不知道该怎样说出，太困难了。

这个西班牙属于"瞎子"阿布·哈桑·胡斯里[3]，参孙·卡拉斯科学士[4]，

---

1 安达卢斯（Al-Andalus）是中世纪穆斯林对伊比利亚半岛的称呼。穆斯林在8世纪至15世纪曾统治伊比利亚半岛许多地区，欧洲称其为"摩尔人"。
2 该句提到的地名都是西班牙殖民时期在拉丁美洲建立和发展的城市，其中，圣玛丽亚德尔达里恩（Santa María del Darién）是西班牙在哥伦比亚建造的早期殖民城市，但因管理混乱和当地人反抗等原因，最终被西班牙人抛弃，在起义中被摧毁。
3 安达卢斯时期的穆斯林诗人，有作品《安达卢斯的哀伤》（*El luto del Al Andalus*）传世。
4 小说《堂吉诃德》中的角色，是堂吉诃德的邻居和朋友。

属于费利佩二世[1]，查理五世的长子，一身白衣在英格兰下船，

迎娶他的表姑玛丽·都铎，其仪态与优雅令英国宫廷为之倾倒，

属于委拉斯凯兹《布雷达受降图》[2]中白色上衣的年轻军官，他似乎在叫人保持安静；

这个西班牙，总之，属于我对卡塔利娜·米凯拉公主[3]无望的爱，

她从普拉多博物馆的肖像里惊骇地斜眼看我，

属于那个司机，他不久前告诉我们："危险就在身体所处之地。"

但不仅如此，有更多事情从我手中溜走。

从小我就一直索求，梦想，推测，

这种确定性现在像突如其来的热浪一样攫住我，像喉咙里的钝击。

科尔多瓦这条街上，我倚着不稳的铜桌，品尝雪利酒，

它像某种活物，在我胸膛蔓延它慷慨的温热，它夏日的

---

1 费利佩二世（Felipe II de España, 1527—1598），哈布斯堡王朝的西班牙国王，也曾统治葡萄牙、英格兰和爱尔兰地区。他的执政时期被认为是西班牙历史上最强盛的时代之一。其父是神圣罗马帝国的查理五世（Carlos I de España, 1500—1558），在西班牙被称为卡洛斯一世。

2 委拉斯凯兹（Diego Velázquez, 1599—1660），西班牙黄金时代的著名画家。《布雷达受降图》（*Las lanzas o La rendición de Breda*）描绘的是三十年战争中，西班牙军队通过围困攻下尼德兰城市布雷达后，尼德兰军队前来投降的场景。

3 卡塔利娜·米凯拉（Catalina Micaela, 1567—1597），西班牙公主，费利佩二世的女儿。

柔软眩晕。

这里，在西班牙，该如何解释，倘若依靠文字，而文字却不足以涵括。

某处，诸神已经同意，在一个绚丽混乱的时刻，

让这事发生，发生在我身上，在科尔多瓦的一条街上，

也许因为昨天我在清真寺的壁龛[1]祷告，祈求一个迹象让我信服，这样，无需任何理由或功绩，

就能确信在这条街上，在这座城市，在被太阳炙烤的无边橄榄林中，

在丘陵、山脉、河流、城市、村镇、道路上，总之，在西班牙，

有一个地方，一个唯一的、不可替代的地方，那里一切都将为我而圆满，

以一种战胜死亡及其诡计，战胜遗忘与人类模糊交易的炽盛。

我就在这条街上被授予恩典，这条和其他许许多多一样的街，有着纪念品店、雪糕店、酒吧和历史悠久的门洞，

科尔多瓦的这条街上，奇迹发生，就这样，突然之间，如同日常琐事，

如同一场偶然的买卖，我愉快地用那些最黑暗时间来

---

[1] 阿拉伯语音译为"米哈拉布"，是伊斯兰教清真寺礼拜殿的设施之一。

支付，

恐惧与谎言、卑微接受与压抑绝望的时间，

迄今为止，它们标志着我生命中的阴郁情形。

现在一切都得救，在这条由罗马人铺设的伍麦叶首都的街上，

那里，里瓦斯公爵住在他的宫殿，有十四座花园和一个国王卧室，供我们的君王居住。

我承认，诸神是公正的，一切终于有序。

喝完雪利酒，我们将继续前行，寻找迈蒙尼德[1]曾冥想的犹太小教堂，

我将，直至生命的最后一天，成为另一个人，或是同一个，但已被拯救，从今天起，成为世上某地的主人。

1　迈蒙尼德（Maimónides, 1138—1204），生于科尔多瓦，是塞法迪犹太裔的哲学家。

大诺夫哥罗德

大诺夫哥罗德[1],什一修道院,

神圣且三次受福的留里克首都,

黑暗的修室里居住着

自称"卑微罪人玛丽亚·米哈伊洛芙娜"的女人,

近一个世纪中

见证她的自伤与苦行。

金色的传说描述她的幻象,

惊人的预言和神奇的事迹,

还提及她早已年过百岁

散发柔和的香气

纵使有不曾平复的疮口

---

[1] 大诺夫哥罗德(Veliky Novgorod)是今俄罗斯最古老的城市之一。下文所提到的"玛丽亚·米哈伊洛芙娜"(Mariia Mikhailovna)是曾居住在大诺夫哥罗德修道院的苦行教徒,追随者相信她有神力。

和覆在身上的肮脏破布

她的身体自喀山饥荒以来再没碰过水。

"上帝之人"引导的漫长朝圣，

拜访神圣罗斯旧都的

什一修道院，来接受祝福，

聆听可敬的玛丽亚·米哈伊洛芙娜的启示，

她受圣徒爱戴，由神圣的三位一体所选。

1916年圣诞日，

一场大雪后，城市被埋在

令人昏昏欲睡的厚重雪毯下，

帝国列车停在车站。

一支哥萨克百人队护送着意气风发的队伍，

有华丽制服的官员，

穿着锃亮胸甲和漆皮长靴的

帝国近卫军普列奥布拉任斯基团[1]的军官，

名门贵族的女子盛装打扮，

戴着家传的珠宝。

皇村教士团的

大辅祭、辅祭与修士，

---

[1] 普列奥布拉任斯基团（Regimiento Preobrazhenski）是俄罗斯帝国陆军中历史悠久的精锐近卫军。

身穿缀着金银珠宝的宽大法袍,

吟诵东正教仪式的《求主怜悯》,

低音悠扬哼唱

忽被清澈的高音托起。

焚香、干雪与灰烬的气息升向

修道院堡垒的白墙,

在冬日透亮的清晨里醒目亮眼,

如统权天使[1]的天上建筑。

留里克后人所建的什一修道院,

为感念战胜了

鞑靼异教徒,

使徒祝福之地的亵渎者。

修室的昏暗中,它房顶低矮

结实的拱形浸染着祷告之语和数个世纪的年岁,

"卑微罪人玛丽亚·米哈伊洛芙娜"

虚弱断续地低语,

如被追逼的野兽痛苦呜咽,

无法解译的单调连祷里

她耗尽自己存于世间的最后迹象。

帝国的队伍走在

---

1 主天使,在东正教里译作"统权天使",在天主教译作"宰制者"或"宰制天使",基督新教称为"主治天使"。

礼拜堂、过道、回廊与祈祷室的冰冷迷宫中,

它们被蜡烛晃动的火光勉强照亮。

在抵达

基督所选之人正祈祷的修室前,

所有人屈膝在地,唱起

圣诞的感恩赞美诗。

一个驼背的修女,

面容消损在每日的忏悔中,

艰难打开门,抽泣着

伏在门楣一侧。颂歌渐停

直至变成惊愕的等待。

一位高大的女性,面容沐浴在

苍白颤抖的手中蜡烛的光芒里,

从人群中庄严走出,

步入修室的暗色。

白袍束住纤细的身材,

几分挺拔的高傲淡去

她容貌的匀称美丽。

叶卡捷琳娜大帝的冠冕

闪耀在她苦行僧般

简单束起的头发上。没有其他任何饰品

来破坏这衣装的精心素朴。

她走向简陋的床铺,那里传来

百岁修女的呻吟

她在威严的存在面前倏地坐起。

骨瘦如柴的身躯以惊人的能量挺直。

狂热凸出的眼睛凝视着

来访者脸上饱经沧桑的美,

突然,响亮而有力的声音

从可敬者无形的口中发出,

回响在修室厚重的墙壁,在神圣建筑的

走廊与厅堂,人们听到这般的惊呼:

"我看到殉道圣人亚历山德拉·费奥多罗夫娜[1]向我走来!"

死一般的寂静笼罩着王室随从

他们跪着聆听先知的宣言

它将消失在什一修道院的角落

在大诺夫哥罗德,神圣福音之地,

使徒的宝石,留里克血脉的摇篮。

---

[1] 亚历山德拉·费奥多罗夫娜(Alejandra Fiódorovna, 1872—1918),俄罗斯帝国末代沙皇尼古拉二世的皇后,被俄罗斯东正教会封为殉道圣人。

阿尔罕布拉宫[1]三部曲

致圣地亚哥·穆蒂斯·杜兰[2]

I

帕塔尔宫

音乐已长久沉寂。

只有时间

    在墙壁

    在细柱,

    在铭刻的

    伊本·扎姆拉克[3]

    赞颂其美丽的诗句中

1　阿尔罕布拉宫是西班牙南部城市格拉纳达在穆斯林占领时期修建的宫殿建筑群。下文提到的"帕塔尔宫""梅斯亚尔厅"和"堡垒"都是其组成部分。
2　圣地亚哥·穆蒂斯·杜兰（Santiago Mutis Durán, 1951—　），哥伦比亚诗人。
3　伊本·扎姆拉克（Ibn Zamrak, 1333—1394），安达卢斯诗人、政治家，阿尔罕布拉宫的雕刻装饰上留有他的一些诗句。

只有时间

  完成它的工作

  无声的

  轻触,

  不曾停留,漫无目的。

深处,

远离所有变迁,

是阿尔拜辛[1]

与橄榄林的棕色山丘。

  卡门将面包屑

  扔进池塘

  鱼群游来

  年迈暗淡的鳞片交错。

倾身水面,

她为造成的混乱而微笑

  她的笑容,

  沾着淡淡悲伤,

  召来玄妙的奇迹:

  它的极盛之貌回归,

---

[1] 格拉纳达的一片区域,保留了中世纪穆斯林占领时期的蜿蜒小路,与阿尔罕布拉宫一同被列为世界遗产。

优素福[1]治下

纳斯利德王朝的日子,

阿尔罕布拉宫的完好之息。

II

一只麻雀进入梅斯亚尔厅

在两拨游客之间

庄重的宁静回到梅斯亚尔厅。

阳光洒在地面,一种温凉的寂静

蔓延开来,在使者、大臣、

官员、请愿者、告密者与战士

曾被信士的长官[2]接见的地方。

穿过开向花园的窗户

一只麻雀跳进来

闲庭信步,好像没有人比它

更熟识此地的主人。

它把脑袋转向我们

---

1 穆斯林占领时期格拉纳达酋长国纳斯利德王朝的统治者。现代历史学家认为优素福一世和他的儿子穆罕默德五世的统治时代是格拉纳达酋长国的黄金时代。
2 Comendador de los Creyentes,又译为"穆民的埃米尔""信士的埃米尔""穆民的长官"等,是伊斯兰教国家的政治头衔。

它的眼睛——两道乌黑的射线——

高傲而漫不经心地看着我们。

迅速穿过大厅时

有一种锐不可当的能量，

一种支配权，凌驾于

笨拙的闯入者，后者对以下理论一无所知：

行礼、命令、祈祷

婉转的爱与简要的判决，

它们统治这片地方，而这里，

一种陌生的、人类这物种特有的草率

今日在此强加其黑暗的企图与遗忘的意志。

麻雀飞过精致的镶板穹顶

在动作的准确中肯定了

对最隐蔽而广袤力量

擅自占据的主导权。

不得安宁的看守，监护着被废除的过去，

突然将我们放逐至悲惨的当下，

没有面孔、方向或指引的入侵者。

成群的游客涌入。魔力被打破。

麻雀逃向花园。

这里，由于隐秘的巫术，

不安的哨兵严肃专横的姿态，

我倏地得到苍白交加的

相遇、死亡、遗忘与废除,

面具的折磨和琐碎的快乐

那是生命和它酸涩刺眼的灰烬。

但同样到来的,

在瞬间的金色炽盛中,

是忠实的迹象,为我,

每日从墓中拯救贪婪的贡品:

我的父亲,在布鲁塞尔的"金狮"咖啡馆打过台球,

街道,清晨上学时刚被洗过,

奥斯坦德夏日大海的味道,

去看马戏时死在我怀里的朋友,

心不在焉地看向我的少女,当她

在橘子树庭院里晾衣服,

约瑟夫·康拉德《胜利》的最后几页,

科埃洛庄园的午后与突然出现的炽热黑暗,

"马里亚瑙"这个词散发的愉悦与快活气息,

埃内斯托的声音,列举着萨利人[1]的君主传承,

　加夫列尔在斯德哥尔摩的房间里克制、坚定、无眠的声音,

---

1 又称为"撒利法兰克人",是法兰克人中的一支。

指出泰纳文章优点的尼古拉斯,

卡门昨天在帕塔尔宫池塘边的微笑;

这一切,以及年岁固执稳重地

为我们保留的其他赠礼,

受召于麻雀只身的奇迹,列队前来,

这鸟儿,目空一切,姿态仿佛

阿尔罕布拉宫梅斯亚尔厅的国王,统领与君主。

III
堡垒

墙壁的周密军防一目了然,

锈迹与疮痍,没有

纪念历史的铭文,缄默

在无名战士的灼热遗忘中,

只能唤起陈年的

战争的日常,没有面孔的死亡,

武器的疲惫操劳,

等待着非洲部队的早晨,

他们的喧嚣震耳欲聋,

打开通向恐慌的道路,但它很快

转变成奔涌的愤怒眩晕,

直到夜晚降临,

四散的篝火、嘶鸣和低语

许诺黎明另一次

令人厌倦的鲜血翻涌,

如徐缓的汁液在地上流淌,

如一条迟钝黏稠的

不幸之路。有一天,橘子树的香气,

下河浣衣和洗澡的

女人的声音,

厨房升起的炊烟,

羊肉、月桂叶和经久不散的香料的味道,

城垛上的阳光和旗帜欢快的

呼啸声,宣布了战斗的结束

和诡诈围攻者的撤退。

就这样一年又一年

一个又一个世纪,

直到房间里

——访客的声音回响

在没有记忆的潮湿昏暗中,

在布满血锈和苔藓、

陌生难辨的高墙上——

留下许多声音的模糊印记，
有痛苦的寂静，
有对另一片土地与天空的怀念，
它们每日支撑着战争，
是某个士兵盲目而唯一的信念，
他消失在武器的徒劳挥舞，
遗忘的草场与虚无的征召中。

阿拉库里亚雷峡谷

为了理解阿拉库里亚雷峡谷的日子对瞭望员的生活产生了什么影响，必须深入了解此地的某些方面。这里人迹罕至，因为远离低地居民的道路或轨迹，而且声名不佳——这并非无稽之谈，但也言过其实。

河流沿山脉倾泻而下，冰冷的水流在巨岩和险石上迸裂，留下眩晕的泡沫和漩涡，以及湍流的狂乱怒吼。有人相信河水裹挟的沙子里藏有黄金，岸上时常有淘金的探矿者临时搭起的营地，但迄今为止还没有任何有价值的发现。这些外国人很快就灰心丧气，该地区的高烧和瘟疫迅速接管他们的生命。长期的湿热和食物匮乏让那些不习惯炎热天气的人筋疲力尽。此类事业往往以一串简陋的坟冢而告终，那里，这些生前不知停歇的人的遗骨得到了安息。当河水进入一个狭窄的山谷，流速减缓，水面变得宁静平和，隐去了水流锐不可当的强大能量。山谷尽头立着宏伟的花岗岩，中间裂开一条阴暗的缝隙，河水如庄严的队列般静静流入峡谷的昏暗。里面，峭壁朝天耸立，其上稀疏的藤蔓和蕨草寻找着阳光，气氛有如一座废弃的大教堂。在岩石的些许缝隙间筑巢的雀鹰或成群的鹦鹉不时惊起，投下一片影子。鹦鹉的叫声让这里充满短暂的喧闹，摧扰着神经，唤起人最久远的乡愁。

峡谷内，河水留下几片板岩色的浅滩，在太阳间或照临在涧底时闪闪发亮。通常，河面平静，水流微不可察。只偶尔传来汩汩声，又归于模糊的响动，或变成水底升起的低沉咕噜，揭示着平静河道中隐匿的巨大而诡谲的能量。

瞭望员去那里是为了运送一些仪器、天平和一壶水银，这是几个淘金者订购的，他们在沿海的油港谈好了交易。到达后，他得知他的顾客已在几周前去世了。一个善良的灵魂将他们埋在峡谷的入口处。一块破烂的木板上写着他们的名字，字迹匪夷所思，瞭望员几乎无法辨认。他进入峡谷，在浅滩中穿行，光滑的地表偶尔会露出一只鸟的骨架，或是从上游某个遥远的山谷小村庄被水流冲来的木筏的残骸。

这里有修道院般的温暖寂静，远离人间的混乱与喧嚣，还有一种强烈而持续的呼唤，无法用语言甚至意识来确认。这都足以让瞭望员想要停留一段时间。不为别的，只为远离港口的操劳和他永无宁日的流浪中望见的星体。

他选择安身在浅滩尽头耸起的石面上，用岸边收集的木材和水中捞出的棕榈叶搭了一间茅屋。他的食物是顺流而下的水果,以及并不难猎到的鸟类的肉。

随着时间推移,瞭望员开始漫无目的地审视自己的人生,列出他的痛苦和错误、脆弱的幸福与盲乱的激情。他开始深入这项任务,并取得了如此彻底且毁灭性的成功:他将自己剥离了那个伴随他一生的存在,所有这些贫苦与辛劳都落于其身。他继续寻找自己的边界,寻找自己的真正的极限。他看到,那个一直被他视为自己生命主角的人远去并消失,只剩下那个进行简化与探究的人。当他继续尝试去了解这个从他最隐秘本质中诞生的新角色时,一种交加的惊骇和喜悦突然涌上心头:第三个旁观者正冷漠地等待着他,并在他的存在中心逐渐产生和成形。他确信,那个从未参与过他生命中任何情节的人,真正知晓全部真相、所有道路,以及一切织就他命运的动机。现下的命运,总之,已有赤裸裸的证据表明,它完全无用,值得立即毁去。但当他面对自身的这一绝对的见证者时,他也迎来了一种宁静舒缓的自我接受,这正是他曾在多年历险的贫瘠迹象中所寻找的。

在这次相遇之前,瞭望员已在峡谷中经历了艰苦的寻找、试探和空欢喜。在他的脑海里,此地的空间、大殿般的共鸣和在催眠的节奏中缓慢流动的赭色水幔,逐渐与他内心的进展相融,这一进程将他引向他自身之存在的第三位冷漠的观测员,那人没有发出任何判决,既没有赞美也没有否定，只限于以另一个世界的专注来观察他。这反过来也像一面镜子，归还他生命中一系列令人惊异的时刻。一种平静攫住马克洛尔，它浸染着某种剂量的狂热喜悦，成为提前到来的一小片幸福——我们都希望在死前抵达它，但伴着渐长的年岁与随之而来的绝望，这种幸福也逐渐远去。

瞭望员觉得，如果他刚刚挽救的这种圆满能够持续，那么死亡就不再重要，它将不过是剧本中的另一段情节，可以被简单接受，就像一个人拐了个弯或是在梦中翻了个身那样。花岗岩壁、缓缓前进的水流、光润的水面和有回声的洞穴，对他而言就像是被遗忘者王国的预兆图景，在那领域里，死亡现身在其生灵的不眠队列中。

因为知晓接下来的事情将与过去大为不同，瞭望员迟迟没有离开那里，去混迹于人群的喧闹中。他害怕扰乱他新得的宁静。终于，有一天，他用藤蔓将一些树干捆成木筏，找到水流的中心，穿过隧道顺流而下。一周后，他出现在笼罩三角洲的白光之中。河流在那里与平静温凉的大海交汇，海面生出淡淡的薄雾，增添了它的广袤，在无边的辽阔中将地平线推向远处。

他没有对任何人说起他在阿拉库里亚雷峡谷的经历。这里所记录的内容来自一家破旧旅馆房间的衣柜里发现的一些笔记，正如前面所说，他在那里度过了最后的日子，然后前往沼泽并在那里丧生。

哈迪斯的消息

致海梅·哈拉米略·埃斯科瓦尔[1]

孑然一身,你的虚无永恒。

——保罗·莱奥托[2]

半夜我被热醒,

走下山谷寻求荒野吹来的

凉风。葱郁的瓜多竹下

一个男人静坐等待,隐匿在细长的树影间。

他沉默不语,直到我询问

他是谁,在那做什么。他起身回答,

声音从隐藏他的植物黑影中传来,

吐字绵密但清晰,

---

1 海梅·哈拉米略·埃斯科瓦尔(Jaime Jaramillo Escobar, 1932—2021),哥伦比亚诗人,编辑,翻译家。
2 保罗·莱奥托(Paul Léautaud, 1872—1956),法国作家、剧评家。楷体原句为法语。

难以想象是什么地区的混沌口音。

"我从，"他对我说，"死亡的冰封之地而来，

那里天鹅游过平静的水面，

前来等待之人的寂静笼罩一切，

在花岗岩的高墙间，他们等待着

不可言传的信号，总被等候和推迟，

揭示他们终将消融于仁慈的虚无。

无论是岩石的光面，还是水的

冰冷镜子，都没有留下这无数实体的任何迹象。

只有守望并漫游这片地区的鸟类

永远游动的乌银尾波，宣告着

这一地界的势力与居民。

我来此布散它的消息，那里既无天意安排，也无遁逃之处。

一切都凭自身的荒凉隔绝而存在。

只有天鹅，在不歇的途中，

略微转动威严的白颈，

将我们聚于同一种神圣褫夺的姿态之前。

时时从花岗岩山尖吹来的无声微风

不足以扰动湖面。它抵达我们

如同生者世界的最后呼唤，

那里你恍惚间匆匆享受了

我们在此地早已遗忘的恩赐。

看看吧，在你这世界里，没有一块石头沉默。

在这里，声音、回响与召喊将你接纳，

一切都呼唤你，都为守护与宽慰你而存在。

我不请自来，但你也并不值得让我来透露

等候你的是什么。不必急于定论，

于我们而言，你能做的一切

都不足为道。我们王国

凝滞而坚固的透明并不适合

你在晕头转向的纷乱生活里编织又拆开的回忆与希望。

我不认为你能理解我的话。

它所属的时空，只有我们死者才有

缓慢冰冷的耐心在此栖居。

天鹅在水面的尾波让我们

等待着虚无，彼此分隔而陌生，被禁锢在

明亮白色的哨兵中立的目光里，

他们眼中重复着悬崖的理论

间或被顽固地衣的贫瘠氧化物所玷污。"

他这样说，从温凉的阴暗中伸出手来，

离开时，似乎做出一个难辨的手势，

借此以某种我无法解译的方式

向我表明，我已开始步入他们的领域。

十首艺术歌曲[1]

(1984)

[1] "Lied",欧洲古典音乐中的一种歌曲形式,一般与文学作品的联系较为密切。

其一

战士睡着

只有武器在警戒。

夏天打开闸门,

模糊的战斗

便占据了梦境。

鲜血登场。

用斗篷的边饰

擦去哪怕一丝

过去的碎屑。

虚无之中

水的呼告扰乱

激动的牧人、

冷淡的传信官、

葬礼的沼泽

和漠然的雪

温暖的午睡。

其二

我梦见你在花园里……

——安东尼奥·马查多[1]

一座花园，不向时间

与人类的使用开放。

完好无损，自由无束，

在慷慨的无序中，

它的植被

侵入道路、喷泉

和高墙。

数年前它们就遮蔽

栅栏和门窗

永远封禁了

所有外界的声音。

温暖的风吹过，

---

[1] 安东尼奥·马查多（Antonio Machado, 1875—1939），西班牙"98年一代"的重要诗人。引文出自其组诗《给吉奥玛尔的歌》（*Canciones a Guiomar*）。

只有永恒的水声

和植物某些

盲眼的窸窣

以熟悉的回声占据。

那里,也许

还留有

你曾是之人的记忆。

那里,也许

某个夜间

湿润惊异的影子

会说出一个名字,

一个简单的名字

它仍统治着

那个封闭之地,

我将之想象

只为从遗忘中

拯救我们的寓言。

其三

阿尔蒂尔·兰波[1]之碑

沙之主

你巡视你的领土,

你的命令

从最高之塔的

瞭望台发出,

它们将消失在

河滩的

无声空洞中。

虚幻武器之主,

许久之前

遗忘就作用于

你的权力,

---

[1] 阿尔蒂尔·兰波(Jean Nicolas Arthur Rimbaud, 1854—1891),法国诗人。

你的名字，你的王国，

塔楼，河滩，

沙与武器，

从讲述它们的

破损挂毯上

被永远抹去。

你残旧的旗帜

不再飘扬。

在宁静里，在沉默里，

你必须

任由自己深入

你葬礼的网。

其四

克里特艺术歌曲

我探出一百扇窗,

安静的风滚过

田野。

一百条路上你的名字,

夜色出来寻它,

盲像。

然而,

从迈锡尼的

安静尘埃里,

你的脸

和肌肤的某种秩序

已经到来

我梦中栖居的沉重质料里。

只有在那里你才回应,

每个夜晚。

你无眠中的记忆,

无眠中,你的缺席,

滤出朦胧的酒

它穿过

岁月的缓慢沉没。

我探出一百扇窗,

安静的风滚过。

田野里,

迈锡尼刺鼻的尘埃

宣告了盲瞽的夜,

其中有你皮肤的盐

和你古硬币上的面容。

我坚守这一确信。

真切的幸福。

其五

你顺流而下。
船从灯芯草间
推开道路。
触岸的声音
宣告旅程的结束。
很好,你记得
我曾在那里等候,
徒劳,
不眠不休。
我曾在那里等候,
凝滞的时间
耗着它被废的质料。
无用的等候
无用的旅行

和船。
它们只存在于
粗粝的虚空
或不可能的生活，
它从其他年岁的
贫瘠物质中
提取养分。

其六

某个失落的宫廷,

你的名字,

你庞大洁白的躯体

在沉睡的战士间。

某个失落的宫廷,

你梦的网

摇曳棕榈,

扫过露台

洗净天空。

某个失落的宫廷,

你古老面容的宁静。

唉,这宫廷在哪里!

在时间的哪处角落,

这短暂的时间逝去,

于我愈发

无用而陌生。

在某个失落的宫廷

你的词语

述说着,

惊异着,

观察着

最好之人的命运。

森林的夜中

狐狸寻找

你的面容。

窗玻璃上

你热望的雾气。

如此,我的梦

抵抗着这个当下

它比起不可能

更加不必要。

其七

隼鸟

盘旋,盘旋,

在广阔的天上

翅膀扇动高处的风。

你扬起脸,

注视它们飞行,

你的颈上

生出没有河口的蓝色三角洲。

啊,遥远!

永远缺席。

盘旋,隼鸟,盘旋;

你长久的飞行

也延长另一个生命的梦。

其八

夜的艺术歌曲

夜晚乘坐寂静的马车到来。

——拉封丹[1]

突然间,

夜晚降临

如同

寂静与悲叹的油。

我屈从于它的流淌

几未武装

这脆弱的网,

它由残断的记忆与

坚持要收复

其王国失地的乡愁

编织。

如沉醉的诱饵般

---

[1] 拉封丹(La Fontaine, 1621—1695),法国诗人。

盘旋在夜里的是

名字，庄园，

某些角落和广场，

童年的卧室，

学校的面孔，

牧场，河流

和女孩

徒劳盘旋在

夜的清凉寂静中

无人响应它们的召唤。

残破落败，

黎明最初的声响

将我拯救，

它们日常且乏味

如每天的惯例，

那些日子将不再是

我们曾互相许诺的

热烈的春天。

其九

海的艺术歌曲

我来呼唤你
在悬崖上。
我抛出你的名字
只有大海
从瞬息的奶色
与泡沫的贪婪中回应。
你的名字穿过
水面惯常的混乱
像一尾鱼挣扎,逃向
广阔的远方。
向着薄荷与阴影的
地平线旅行,
你的名字
翻滚在夏天的海上。

随着夜晚到来

返回的是孤独

与它对葬礼之梦的殷切。

其十

莱奥·莱格里斯的回归

致奥托·德·格雷夫[1]

唱着
唱着。没有人听到
他唱出的乐声。

——莱昂·德·格雷夫
《降半音小奏鸣曲》(黑夜)

回到我梦中,
你失势维京人的面容,
你蜜色的花白胡须,
你德意志佣兵的步伐,
在我们的对话中,
归来了同样的卓越影子,

---

[1] 奥托·德·格雷夫(Otto de Greiff, 1903—1995),哥伦比亚诗人、音乐家。标题中的"莱奥·莱格里斯"是其兄、诗人莱昂·德·格雷夫(León de Greiff, 1895—1976)曾用的笔名之一。

被遗忘的名字,

不可能的旅程,

隐匿的港口,

简而言之,

我已逝青春的所有包裹。

于是我重又知晓

赤道闷热中的

雨夜,

攀向荒野的

小径,

矿井里缓慢的风,

波尔塔瓦[1]的灾难,

河段中的

酒与女人,

海涅和科尔比埃尔[2]的诗句,

冒名者戈东诺夫[3]的

不幸命运,

---

1 现乌克兰波尔塔瓦州的首府,13 世纪在蒙古袭击俄罗斯期间曾被破坏,1667 年曾被作为左岸乌克兰的一部分割让给俄罗斯。

2 海涅(Heinrich Heine, 1797—1856),德国浪漫主义诗人;科尔比埃尔(Tristan Corbière, 1845—1875),法国诗人。

3 戈东诺夫(Godunov)是俄罗斯曾经的贵族世家。此处应指鲍里斯·费奥多罗维奇·戈东诺夫(Borís Fiódorovich Godunov, c.1551—1605)。他妹妹嫁给留里克王朝伊凡雷帝的幼子费奥多尔·伊万诺维奇。因费奥多尔身体有病,智力不健全,大权被戈东诺夫所掌握。

那些相遇的笨拙偶然

它们以短暂的欺骗

缓解我们的厌倦；

所有一切，以及

最好不要说出的其他东西

曾是我们共同的过去，

路途的一段。

自始至终，

我们也都知道，

致命的失败

以蠢笨的耐心潜伏在

这从未出发的

旅程的尽头。

回到我梦中，

你维京人的面容，

和你的声音，仔细讲述着

引领马伦哥[1]之胜的

骠骑兵的夜间冲锋。

1　马伦哥战役，又译"马伦戈战役"，1800年第二次反法同盟时期法兰西第一共和国与神圣罗马帝国之间的一场战役。

皇家编年史

(1985)

费利佩二世,
过去之王与未来之王

致米格尔·德·费尔迪南迪

你的王国如同果实

你的王国如同果实,陛下。

它的果肉,

蜜的汁水和相似纹路的

独立瓣脉

聚往中心,那里由

你的秩序支配,

因万军之神[1]的

恩典与旨意。

这艰巨的重任

只被交予你,只落在你身上

对这世界的悲凉经营,

它将你任命为

1　《圣经》中以此称耶和华,如《圣经·诗篇》第84章第8节,译文取自中文和合本。

它命运最真切的负责人。

你的王国如同果实。被

坚硬的金色树皮的

严格界限保护着,包围着。

这是你所希望的

你王国的样子:

那些被污迹检验的恶魔

所指出的人,

那些被理性的短暂热望

所玷污的人,

远离与他们臭名昭著的交易。

如同丰硕的果实,你希望你的王国

有最纯净精华的滋味,

它蒸馏自数个世纪里

你祖先庄严的血,

被托付给你卢西塔尼亚的苍白双手

为了最终兑现那使徒的承诺,

他安息在你三次受祝的王冠的庇护中。

因此你的话语冷酷:

"我宁愿不当国王,也不要当异教徒的国王"。

如同果实成熟于

千年的迁徙与回归,

基金会与盲目的神谱,

兄弟阋墙,

深海的壮举,

大火与屠杀

不幸的国王,或是被消磨于

圣人的狂热

或学问的微末废墟;

你梦想你的国王如同那果实,

在这梦中你的生命消耗殆尽

为了上帝的荣耀,在你亲信

愚蠢的仇视前,他们照旧

对这伟业一无所知。

天主教国王堂费利佩二世四十三岁像，桑切斯·科埃洛所作

时间从哪条路到达？

来为这面容增添距离感，

疏离而礼貌的轻蔑被克制在

双手的姿态中，右手搭在

椅子扶手上，作不耐之势，

左手以沉稳的热诚，捋着

一串琥珀色的念珠。

在庄严面容疲倦的象牙色中，

铅蓝的眼睛几乎不再

看向世上之物。那是

与他卢西塔尼亚祖辈一样的眼睛，

阿维斯王朝[1]凋零王座的新芽：

---

[1] 阿维斯王朝是 1385 年至 1580 年间统治葡萄牙王国的王朝。费利佩二世既是西班牙哈布斯堡王朝的国王，又在 1580 年至 1598 年间统治葡萄牙。

旅行者，航海家，疯子，

无畏的战士，虚妄地

捍卫他对葡萄牙王冠的脆弱权力。

是那眼睛，让西吉斯蒙德皇帝[1]的

傲慢臣子感到不安

当阿尔法罗贝拉的佩德罗王子[2]

在前往圣地的途中到访布达佩斯。

"看到一切又隐藏一切的眼睛"，

不忠的秘书安东尼奥·佩雷斯[3]写道。

但这双眼并非堂费利佩

王室疏离的最明显表现，

至高的宫廷式素朴的深渊，

他的灵魂知晓如何挖掘它，

来在世上保护自己。是他的嘴唇，

在轮廓分明的唇角，

在鼻梁无可挑剔的线条上，

它窄小的鼻翼预感出

---

[1] 西吉斯蒙德（Segismundo, 1368—1437）是卢森堡王朝的神圣罗马帝国皇帝。

[2] 葡萄牙的佩德罗（Pedro de Portugal, 1392—1449），葡萄牙王子，第一任克英布拉公爵。他前往圣地一事应出自西班牙16世纪的虚构作品《葡萄牙王子堂·佩德罗之书》(*Libro del infante don Pedro de Portugal*)。

[3] 安东尼奥·佩雷斯（Antonio Pérez, 1540—1611），曾是费利佩二世宫廷与国家委员会的秘书，后被指控叛国和杀害政客胡安·德·埃斯科贝多（Juan de Escobedo, 1530—1578），逃往法国。

所有外界接触的危险。

金色的胡须，精心梳理，衬着

失去血色的脸颊。

修出女性化线条的眉毛

抬起，尤其是左边，露出

对蠢笨混乱和激情的短暂愚昧的

淡淡的惊讶。

萦绕的哀痛，他力量的延伸

良知的巨大疑虑，

绅士风度的优雅，

他对秘密的偏爱，他早年

心血来潮的经历的成果，

在他臣民的不驯傲慢中，

永远留在这画布上，

只有西班牙人才能将之描绘，

在与最伟大君主不可言传的交流中。

埃斯科里亚尔的四支夜曲

I

失落房间的

昏暗里,镜子

混浊的水银,保存着,

无可救药的,

克制礼貌的姿态:

指尖心烦意乱地

抚摸

刀柄的宝石,

以炽烈的掩饰

递出的手帕,

以犹疑的热诚

将它掩藏的手,

掠过的影子,

公证人,使者,

携带武器的人,以及少女

迷失在这

房间、大厅、走廊

以及哨兵沉睡的

冰冷角落

所组成的广阔迷宫。

镜子缄口不言的事,

保存在它

无名的永恒

与昏暗表面中的事,

——那里虚无盘旋在

溶散的密闭眩晕中,

永远不会被说出。

甚至诗歌也

不足以从

微末的遗忘中拯救

这镜子

在无依的黑暗中

缄口不言的事。

II

风穿过庭院,掠过

这些国王与传教士的画像,

这风不属于世上其余的远方与地区。

可以说,它诞生于

这无边建筑的立柱,过道,

回廊,门厅与大堂。同样的温度

从光洁的石料上流出,淌在

常规灰色的谦恭表面。它诞生又死去,

从未完整穿过这威严的空间,

它被天主教国王定为住所,

以了解和监管帝国的事务

并收容他不得安宁的灵魂出神的无眠。

III

夜幕降临山间,

从松树与栎树林中开路,

隐秘驻扎在建筑旁,

它越发深沉,每瞬的存在感愈发明显,

积聚力量,蹲伏,筹备着

正等待它的争斗。它包围

修道院,在灰色的墙壁上

一次次爬行,徒劳地

试图占领这皇家建筑[1]。它释出

顽固的铋,蒸馏

葬礼的酒,铺开油腻污秽的

裹尸布,长生草,

在与盲目能量的斗争后,几乎无法

在花园安置它的黑暗,

在疗养者的走廊徘徊,

在庭院里抵抗一段时间,

并得到少许收获。同时,由于

夜间不歇的操劳作业,稀奇的异象出现:

墙壁,柱子,立面,屋脊,

塔楼和拱顶,整座建筑获得

一种微妙的稳固,一种带翅的轻盈

这本属于那多孔的存在,它

放出乳色的光亮,面对

---

[1] 埃斯科里亚尔修道院是费利佩二世时期修建的一处皇家建筑群,包括修道院、宫殿、陵墓、教堂、图书馆、慈善堂、神学院和学校。

已经停止贫乏进攻的败北围攻者,
保持轻盈的移动。
于是,短短几个小时,国王
即创建者的梦恢复固有的效力,
夜晚之前的原初存在,
对抗讨厌之人与遗忘。

IV

这陵墓中,深色大理石骨灰盒里
安息着西班牙国王与王后的
遗灰,在不停歇的时间的黑暗中
行进,如同在不眠之船的底舱。
这灰烬看守着,在建筑的
中心,在最隐蔽和重要的
脏腑之地,在数个世纪的深夜中
继续以顽强的沉稳证明他们
威严的存在,权力的苍白狂热与沉默的
谵妄。他们的生活,总之,他们尘世的流浪
被责任与痛苦压倒,几乎无法
被氏族的明确命运里

无定希望的薄酒照亮，这命运融在

使徒的植被所覆盖的这片土地的运数里。

这里，死亡蒙蔽它的畜群，

将它不可避免的持久授予它们，

在此处的朴素拱顶下，

没有任何驻足的人可以自认为远离这谜题，

后者在此进行它的审判，仍给予我们短暂的期限，

让我们真正知晓自己过去曾是什么，

又对这残余亏欠了什么，

在统治我们生活的秩序中，

在这里，它的密码显现，

或永远消失并死去。

回到费利佩二世女儿
卡塔利娜·米凯拉公主的肖像

有某种东西,在这位年轻小姐的唇上
在她眼睛充满恶意的惊讶里,
微微斜看,向我们示意
被选之人入神的印记,
介于安达卢西亚与托斯卡纳式的利落仪态中
有某种东西让我在途中停下,
仅仅授予我在这些诗行的恭敬距离间
赞美她的机会。
她警觉脑袋的高傲姿态,
箍在白色立领间的挺直的脖子,
或束在身上的丧服,
都没能隐藏她幻想的火焰。
王宫中的哀痛气氛

也没能掩盖她瓦卢瓦王朝[1]血统
与佛罗伦萨的浊液融合的面容。
死亡必须在她三十岁时
带走她。她给丈夫萨伏依公爵
留下十个孩子。她对父亲温柔,
身在都灵却仍是西班牙女王。
我又看向桑切斯·科埃洛的画布,
当公主还未满十八岁,
在普拉多博物馆的这个角落,
将她保存在几乎匿名的端庄中,
一如我每次来看她,一种荒唐的欲望侵入我,
想将她从数个世纪的沉默嗜睡中救出
挽着她的胳膊,邀请她一同迷失在
无尽夏日的虚假迷宫里。

---

[1] 卡塔利娜公主的母亲伊丽莎白是法国瓦卢瓦王朝亨利二世和来自佛罗伦萨地区的凯瑟琳·德·美第奇的女儿。

葬礼手记

I

沿着道路行驶的沉重的梦之马车
碾过那些国家,那里景色的无声石灰
皴裂皮肤,灼伤眼睛;
温顺的兽,临死时用蹄子踏破
荒凉宽阔房间的细砖;
脏污的帘幔,遮盖着被没有慈悲或尽头的时间
覆满尘土的床铺;
他的记忆给人们留下的诸多零散元素
——悲惨旅馆的钟声,
老船光亮的金属侧舷
被硝石、猎人的霜、
黎明时远方的枪声、炭炉的烟,

和冰冻的矿井侵蚀——所有这些，总之，

以无法磨灭的预言步伐压垮我们的一切；

这结出苍白贫瘠果实的悲伤已不剩什么，

它让他的面孔成为苦痛的贪婪吞噬者，

他纤细手臂的身体的脆弱骨架已不剩什么，

它已完全远离了武器

和好战祖辈的热切交媾。

让我们赞美那遗忘，它行进在

石质建筑所禁锢的岩石上，

如同血统门第的杰出强大的喉舌，

如同世纪的猎犬唤醒人们，将他们赶下床

贴在晨光的广阔大窗户，在口中苦涩的清晨上，

它不骄不躁，在时间中顽强，永远渴求

疯狂的快乐，这快乐将在以后发芽，

如同在鱼类罕至的酸涩灰暗海边的战斗里

被壮大的女性的侧翼。

让我们最后一次记住他的事迹，

让我们唱出他被囚君主的悲哀

他在安静有力的旅舍中，慢慢地

饮下不经防备的、满怀信任的爬行动物的血。

多少卑微的孤独庇护他无尽的祈祷，

他徒劳的恳求，他对独眼而炽烈的女性的兴趣，

后者消耗他以多年的悔恨无眠所换来的几个短暂的往昔之夜。

II

战斗　　战斗　　战斗
迅疾扫过大地，如饥渴的动物
或短瞬美丽的贫瘠种子。
被风吹乱的破布
橄榄　　白色　　钴　　紫色
战争的混乱汁液，来自那片领土上被征服的人，
那里古老的天空庇护着军团，
——晚风中的铁甲，
浸没在野蛮酒精中僵硬的暴力之像——
无声的战斗，午夜的战斗
在淹水的道路上，
在陷入千年深厚淤泥的战车之间。

III

概述：由战争中的人组成的样本

让我们也涵括那些尽力延长了

他们生命的失效魔力的人：

那个日夜酗酒的不眠者

听着忏悔，并不让步；

那个回去找妻子的人，

永远迷失在丛林中，喊叫着，直到

扑灭贪婪兽群的声响；

那个黄色衣服沾上鲜血的人

在路上点燃篝火

烧掉他的饰物与凉鞋；

那个杀死淫乱的教堂看守者

并将他的衣服晾在

监狱屋顶的人；

那个从意大利回来的人，双手光滑

步伐像姑娘一样绵软；

那个载重牲口的贩子，

用他的病症和叹息

让集市充满悲伤和哀痛；

那个信仰的支撑者，

在她快散架的小床的吱呀声中

陈腐且永不满足的教义布道者；

那个灾难记录员，

臭名昭著的婚礼的骗子仆人；

那个大惊失色的牲口槽看守

在细雨中因恐慌和寒冷而呻吟。

所有属民，广大群众

默默臣服在真理的水域

和油腻的历史间，

如旧货商店的制服或遇难的鱼。

IV

弗兰德斯方阵的一名老士兵说：

"之后会发生什么并不重要。

稳固在我年岁的蜡中，

我从环绕市场垃圾的

昆虫组成的厚云里推断出

这次远征的运数，

庄稼与村落熊熊燃烧，

仪式与最后的典礼

持续三天三夜，

送别逝世的国王，

一个严肃而悔疚的人，

既无恶意也不哀痛的苍白王子的父亲。

我不曾赢得,不曾失去。

我曾在那里。这就是全部。"

一份致敬与七支夜曲

(1986)

致敬

聆听马里奥·拉维斯塔[1]的音乐后

风渐息,着上美与崭新的光。

——路易斯·德·莱昂[2]

那个人仅用目光的力量

就阻止冰川的滑动

瞬间暂停,在它

过分的洁白里,

在它毁灭的晕眩中失控的雪崩前。

那个人举起裂成两半的果实

将之献给天空的浩瀚孤寂

那里太阳在午后的小憩时刻

开始它炽热的作业。

那个人以细致的精确

测量风的空间,死亡同它

---

1 马里奥·拉维斯塔(Mario Lavista, 1943—2021),墨西哥作家、作曲家。
2 路易斯·德·莱昂(Fray Luis de León, 1527—1591),西班牙文艺复兴时期著名诗人。引文出自他写给西班牙音乐家弗朗西斯科·德·萨利纳斯(Francisco de Salinas, 1513—1590)的《颂诗其三》(*Oda III*)。

盲目的犬群窥伺的领域，

同样是他，掌剑并在

叶片的彩虹斑点中认出

一个不得上诉、即刻生效的真确判决。

那个乞讨的人

在高高的石廊下

回声重复着他的恳求，

去除了羞耻感的虚荣困扰。

那个人乘上火车

知道自己不必回来

因为回归是易散的蜃景。

那个人黎明时分窥视着

那迅速迁徙的脚步，

它们过境的影子瞬间占据天空，

宣告季风与棕色的不幸。

那个人自称了解却闭口不言

他的缄默几乎无法让我们远离

无处可逃的贫乏诡计。

还有任何试图在我们面前展示

最光鲜却致命的技艺的人，

这些技艺被赋予人类

以引导他们离散与迁居的命运。

他们都无法,总之,没有人能够唤起

这音乐中剥出的奇迹,

它不沾染我们短暂的歌唱意志

最难以察觉的痕迹。

背对着世界,尘土,

怀旧、梦想与

昙花一现的温暖漩涡,

这小小的造物升起

顺着战胜了时间及其最隐秘诡辩的

唯一的奇迹。

几乎不被听见,它转变,

腾挪,从我们未曾料想的角落

带来惊喜。

这永恒的天赋没有任何迹象,

那种永恒不属于我们,却从使用与习俗,

日子与哭声,

愉悦与它的飞灰中

拯救我们。

不可能知晓这音乐隐蔽在

偶然中的哪片地方,滤出

它短瞬的透明的酒,

将我们带到海边,

岸上它不歇地重建

形式的持久。

玻璃与双簧管的对话,

单簧管奏起留出空隙,

长笛归来主宰,

琴弦作为谜题献出

自己又回到虚无,

只有静默保留着记忆。

我们并不知晓,

在我们被征服的顺从中,

也许有这神赐时刻的秘密,

他将之授予我们,作为

对我们服从性的考验

在时间已失去其权力假象的秩序中。

七支夜曲

致阿尔韦托·布兰科[1]

夜以双翼敲打
熄了灯的窗。夜责备
沉睡者的安静。夜盘旋
在梦的地平线上。

——皮埃尔·勒韦迪[2]

I

那盏灯的昏光
在夜色中虚弱地
同阴影搏斗。
无法照亮墙壁
或是穿过天花板
无边的黑暗。
它在地上前进。

1　阿尔韦托·布兰科(Alberto Blanco, 1951—)，墨西哥诗人。
2　皮埃尔·勒韦迪(Pierre Reverdy, 1889—1960)，法国诗人。

除了光影摇曳处

断续的局促领土,

无法再辟出其他道路。

黎明时结束了

它与夜晚的角斗,

这油烟与无助的

柔软纬线的

狡猾织工。

像是生者世界的

一个苍白警告,

这几乎不存在的光

已经足以

让我们回到

日子温顺的行伍中,

回到死去时间的

白色序列里。

从它顽强的守望

和与影子的清亮战斗中,

对于这败北的光,

只留下

徒劳壮举的回忆。

于是词语寻找着

预感着那个,

按照神明

不可言传的设计,

在诗歌的脆弱木质结构中

等待着它们的精确位置。

II

孔波斯特拉[1]之夜

映满繁星的石上

使徒在守望。

他已准备好出发,手放在

朝圣者的杖上,

然而,他以数个世纪的耐心

等待我们。

加利西亚的星夜下

使徒在守望,怀着

已走过所有小径的圣人

不竭的希望,

---

1 圣地亚哥德孔波斯特拉(Santiago de Compostela),是西班牙加利西亚自治区的首府。相传耶稣十二门徒之一的大雅各安葬于此,因此成为朝圣胜地之一。

怀着那些人们的希望，他们行走世上，

学会如何拦下逃亡的人，

身陷逃亡的无知惯例中的人，

并以简单的话语

以呈现真理的话语

唤醒他们。

在奥布拉多罗广场，

午夜后，

我们的旅程结束，

在大教堂的门前

我向使徒问候：

我终于来到这里，我对他说，

你有我父亲的名字

你将名字给予我的儿子，[1]

我在这里，半尼其[2]，只是想告诉你

我一生都在等待这一刻

而现在一切都有了秩序。

因为堕落、微小的恐惧、

一无所得的愚蠢事业、

1　穆蒂斯的父亲和其中一个儿子都名叫"圣地亚哥"，即西语中的"雅各"。
2　半尼其（Boanerges），意为"雷霆之子"，耶稣授予西庇太的儿子雅各及其兄弟约翰的名字。出自《马可福音》第3章第17节。依据《圣经》和合本的翻译。

在词语的磕绊缓慢中

耗尽的谵妄、

对我们曾认为是自己最好品质之物的背叛，

所有这些，以及我未说出或已经遗忘的更多东西，

所有都也是，或仅仅是，

秩序；因为一切都已经发生，

远视的雅各，在你

至高疯狂的漫行教导者的双眼

专注的目光下。

这里，现在，卡门在我身边，

夜风扫过石板，

它被君主和乞丐踩过，

被悲惨的麻风病人和

粉身碎骨的骑士踩过，

在这里我们简单地对你说：

活过的一切，被遗忘的一切，

在我们可怜的梦中隐匿的一切，

在时间中如此短暂

以至几乎不属于我们，

我们来为你献上

拯救你兄弟般的仁慈的东西。

海梅、雅各布、雅各，

你，雷子，

我们看到你已听见我们的声音，

因为这映满繁星的石头

这云雾缭绕

如军队聚集旗帜的夜晚，

正告诉我们，

那声音只能是你的：

"是的，一切都有了秩序，

一切从来都在

人类破碎

而顽强的心中。"

III

夜晚前进直至取得掌控

压灭那不属于它缓慢迷宫

曲折长廊中蔓延的黑暗的

所有声响所有噪声

它于其中前进，在柔软的墙面跌跌撞撞

墙上回荡着往日话语和脚步的余音

漂浮着靠近又远去的面孔

它们溶解在睡梦的细末油垢里

儿时曾拜访我们的面孔

或是我们某天曾遇到的面孔

在某个部门的无名走廊中

在废弃火车站的厕所里

或与一个曾可能改变我们生活的女人一起

我们从未与她交谈过,也不知道她的名字

她在某个外省咖啡馆的肮脏角落里

慢慢喝完一杯温牛奶

那里台球的声响

混入点唱机的模糊音乐

或在纳慕尔[1]的干净邮局

我们去那取一个海外的包裹。

因为夜晚为那些人预留了惊喜,

他们深谙如何与其力量交涉

并迷失在它的走廊里,

完全放弃了

守夜所授予的些许武器,并违反了这一限度:

它容许我们进入某些区域

却不停止作用在我们身上的灰烬的法令,

1　比利时城市。

继续将它破旧的特许之毯延伸至我们脚下。

被选中者确实寥寥无几

他们得以摆脱这些绊索并热切地投入黑暗

好像想要充分利用这一无尽的假期,

这由它王国的黑暗名望所提供,

如同赠出随机的永恒

没有保障的幸存,但配有

寥寥无几的诱人岔路口,

那里欢愉来到我们身上

带着终将逝去之物的猫般的敏捷。

因为夜晚有它的海湾

昏暗中轻轻晃动的船坞

迎接我们的急切海藻

缓慢摇曳它们变换的幕布与葬礼的面纱。

这就是为什么那些已经封定协议的人

总以细末之事和谨慎的热情准备

夜之王国的每一次出行。

就像那些留着一瓶酒的旅者

只为送别那些上战场的人而喝,

又在午后重将瓶子装满,用棕榈油

和垂死者太阳穴上的汗水,

或像那些机械师,在启程并

积蓄锅炉的能量前先在炉壁上刻下

没有畜群的牧人的祈祷，

但也并非如此，因为

在夜的边界之后定居的人无需遵从

如此严格的规则和如此具体的条件。

更像是随水漂流

只试着轻轻用腿打水

或者适时划动手臂以避免

撞上石头，顺从水的推动

又不失去一定的自主性。

不是为了最终逃脱，而是为了让这次漂流

比起被水推动的晕眩

更像一场随心所欲的旅行。

但也并非如此，因为夜本身

留下陷阱，让我们可以突然逃脱，

正是在预感和避开这些陷阱的过程里

我们冒着失去路途中最好之物的风险。

因此最好是留下意识的些许区域

来负责这项任务，让其他部分

投入夜晚力量的炽盛

并始终确信我们必须

在其中不安地徘徊，不去注意那里

潜伏着一个谬误,因为并无证据

证明没人能够避免那回归。

IV

巴尔德莫萨[1]之夜

致扬·齐赫[2]

寂静……你可呼喊……仍是寂静。

——肖邦致诗人密茨凯维奇[3]的信,于巴尔德莫萨

夜里北风吹打

松木的树冠。

在那疯狂顽固的风中

有一种单调的坚持

在旺德尔港[4]就已被宣告。

1　西班牙巴利阿里群岛马略卡岛的一个市镇。波兰作曲家肖邦、法国作家乔治·桑、尼加拉瓜诗人鲁本·达里奥等都曾到访镇上的修道院,阿根廷小说家博尔赫斯和其家人曾居住在这个镇上。
2　扬·齐赫（Jan Zych, 1931—1995）,波兰诗人、翻译家。晚年居住在墨西哥,并与许多拉丁美洲作家建立了深厚友谊。
3　密茨凯维奇（Adam Mickiewicz, 1798—1855）,波兰浪漫主义代表诗人。
4　法国东比利牛斯省的一个沿海市镇。

咳嗽终于消退，但高烧

仍是一个不祥的、无可回避的警告

警示着一切都会在

不曾预想的紧迫期限内结束。

不得安宁，天花板上

吊着床铺的索带在呻吟。

石板屋顶上，

风像被围逼的野兽

找不到出路，无望地耗尽能量

撞向隐匿在黑暗中的花园围墙。

失眠使出它的诡计

让摇纱机飞快转动：

归来了，所有被推迟且未曾实现之事，

永远被抛弃

在可能性的迷宫里、

在耐心而好客的遗忘中的音乐。

最艰巨的磨难或许是

旅程荒谬的愚昧，

找寻更温和的气候

最后结束在这小房间中，

高高的棺材里

湿气绘出模糊的地图，

而发热坚持破译无果。

苔藓在地上形成

废弃坟墓的

湿滑地毯。

在夜与不眠间

闯入一个短暂的确信：

这场笨拙的冒险也属于

搅浑他生命每个时刻的

易变征兆。

甚至他作品里无可比拟的建筑

也消散并完全失去

所有存在，所有理由，所有意义。

回归虚无让他突然渴望

众神怜悯提供的

一种缓和，一种深沉有效的慰藉。

风的声音带来

寻找他的狂热呼喊，

从时间已不再统治

或行使任何权利的这一岸，

带着阴谋诡计的恶意。

北风远去，沉寂下来

而失眠者喉中沉钝的喊声也熄灭。

沉默被另一种沉默回应，

他的，一如既往的，同样的沉默

从中仍将很快涌出

他音乐稀薄的泉

独一无二，给我们留下

刺痛的乡愁，来自一个

永远得不到回答的谜。

V

致我的弟弟莱奥波尔多

你是宽广的助力与丰饶的形式。

——埃米尔·维尔哈伦[1]

从码头下高耸的酒店顶层

我看到套房窗户后面的河，我们在房里谈生意

仿佛这是很严肃的事，仿佛人们的生命和早已注定的微薄运数都取决于此。

---

[1] 埃米尔·维尔哈伦（Émile Verhaeren, 1855—1916），比利时法语诗人、剧作家。

几天来，我看着河支配水流的巨大能量，直至顺着弯道流向城市。

又是那条河。

我三十多年前见过的同一条，它褐色的水流

——漩涡绘出一种永恒力量的印迹，一种谨慎的幻梦惯例的印迹——

从那时起，在每个夜晚来访。

现在，在即将消逝的黄昏，我望着灯火往来不息，

勉强照亮大船的航道和装满沙或煤的驳船的扁平龙骨。

泥泞的表面映出活动从未停歇的迹象：

晃动的光束不甚清晰，像一场即将结束的派对，其下，

重新开始短暂的尝试，最终熄灭。

入夜，我继续望着这无尽的奇迹和几乎跨进黑暗的海浪，

多么抚慰，给我多么强烈的慰藉。

像宽厚的泉或母亲般的存在，由没有记忆的夜之物质构成，

由无数洗净我们、将我们从愚昧中拯救的流水组成，

它们拖曳所有日常苦涩的劳作。

就是那时，河流证实了我作为旅人未被救赎的状态，

始终准备好放弃一切，汇入流水任性而智慧的支配，

在水的背脊上能更容易且更少愧疚地穿过那广阔的三

角洲,它属于不可挽回且有益的遗忘。

我长久地望着各类船只来来往往:

漆成橘色和天蓝色的雄伟油轮,

载满人类设法造出的所有东西的平底船队,

小拖船将它推向目的地,它的螺旋桨

忙碌地发出嘈杂的击水声,水波消失在黑暗中;

从岛屿驶来的船只,油漆褪色,舰桥上有油烟和不幸的痕迹;

试图重现往昔的骄傲却无果的轮船,

以及那艘老蒸汽船,有着笔直的龙骨和细长的烟囱,但在严重锈蚀的侵袭下即将倒塌。

它倾斜着,显出悲伤,逐渐分崩离析,带着一种缓慢的顺从

因为它曾在人群中享有盛名,现在他们任它死去,甚至不遮掩它毁灭的屈辱证明。

水流的无尽操劳从不停歇。这水已跨过半片大陆:

草原和麦田,广阔的工业区,人口稠密的城市,

宁静的小村子,名字试图召回古典的时代或死去的宏伟城市。

河面时刻都在变化,改换颜色和纹理,涌动着惊人的波澜,

立刻消散的涟漪,漩涡挟卷着植被的残骸

和花枝，谁也不知它曾盛开在哪片远方的岸或哪座风曳草动的岛，

那里居住着神圣的鸟，在巨大的货船驶过时发出惊恐或示威的叫声

并跳到满载泥土或血色碎石的驳船甲板上，

在那里，它们继续旅程，与推动这些水流既定命运的力量秘密共谋。

我自问为什么这条河，从我马上就会忘记名字的旅馆窗口望到的这条河，

会赋予我这种依从，这种顺服的忧郁，在其中，所有已经发生或即将发生的事都受到快乐的欢迎，

这让我拥有某种秩序，一种与幸福如此相似的宁静恭顺。

我知道斯海尔德河、马格达莱纳河、亚马孙河、塞纳河、尼罗河、罗纳河和米纽河的景色

主宰着我过去难忘的时刻；

我的一生都由科埃略河[1]湍急的流水支撑、滋养和编织，

它转瞬即逝的泡沫、它的呼喊、它卷动的泥土的气息，

---

[1] 科埃略河（río Coello），哥伦比亚托利马省的一条河流，经由前句中提到的马格达莱纳河（río Magdalena）流入加勒比海。前句中的斯海尔德河、塞纳河、罗纳河（río Ródano）和米纽河（río Miño）都是欧洲的河流。

咖啡豆撞上石头的气味。

河流一直是,到我生命的最后一天也仍将是我的监护人,我的词语和梦想的玄奥关键。

但这条河,现在,又一次,堪称出乎意料地,以其无限支配的力量出现在我面前,

毫无疑问,它是最本质的存在,揭示了潜伏着我真正姓名之影的隐秘房间,

将我束缚于神秘天命之指令的特定标记。

他们叫它"老人河"。

只有这样才能称呼它。

于是一切都有了秩序。

VI

曼索拉[1]之夜

荣美的我主上帝,请保佑我的人民。

——路易九世于塞吉尔

躺在抄写员法赫鲁丁简陋住所的草褥上,

---

[1] 埃及城市,法国国王路易九世所领导的第七次十字军东征在这里走向败局。

法国的路易九世,听着三角洲的夜晚。

哨兵赤脚

踩着随风而来的沙漠的尘土。

无眠中,囚徒看着阴影步步入侵。

最低沉的私语已停息,

让他浸入黑暗的界域,

这黑暗跳动在无垠画布的惊悸中。

国王祈祷,请求上帝怜悯

他的人民,既然一切都已结束。

一种钝痛啃噬着他的守夜。

因圣王燃起的话语,骑士与仆人

资产阶级和农民,步行与骑马的人,

从法国各个角落赶来。

现在他们在田野里,成为秃鹰的口粮,

或在异教徒的牢房中呻吟。

只有少数被打败的队伍设法

登船前往马耳他和塞浦路斯。

这就是塞吉尔海岸的战斗。

一个抄写员,上帝保佑,

收留了西方最伟大的国王。

埃及苏丹的俘虏,躺在

曼索拉黑暗城郊法赫鲁丁的

住所庇护下的悲惨床铺上。

囚徒知道如何接受抄写员的款待，

带着受福者的清澈笑容

以及波旁和特拉斯塔马拉祖辈的朴素优雅。

连续战斗数日的劳累

让他已经再无余力，

只剩被至高者之手指定的灵魂。

黑夜慢慢抹去他心中的创伤，

消弭他沮丧的疲软痛苦，

一个哨兵探出窗外，

但看到路易看向他，

就急忙收回视线。

那具瘫倒无力的身体中

散发着圣人不可言传的能量：

手无寸铁，衣衫褴褛，满身泥血，

他之存在的尊贵威严却

更排山倒海，更为明显。

没有任何王座能比

曼索拉的谦卑抄写员法赫鲁丁

让出的邋遢床榻

更能凸显其美德的特别。

国王祈祷,为他的人民、为他王国的秩序祈求,

因为山上宝训[1]的应许在他身上应验。

水流过三角洲

在葬礼之油的寂静中。

或许可以说,夜晚

在它不倦的黑暗之网中搅浑了时间的进程。

法国的路易九世,在沉默的祈祷中

微微张合嘴唇,将自己交还

在其创设的广袤慈悲中

拥有一切的那人之手。

他的胸膛深吸一口气,

开始温和地进入被选之人的梦中。

VII

这是杀手的时代。

——阿尔蒂尔·兰波

合该谈一次杀手之夜。

---

1 山上宝训,或译"山上圣训""登山宝训",指的是《圣经·马太福音》第五章到第七章里,由耶稣基督在山上所说的话。

同谋的夜，长夜，那里失去眼睛、

用分叉的舌头寻找栖身之所的蛇

互相缠绕。

有黑暗利于崇高的罪行，

无边的凉夜，那里苍白的淫欲

支起帐篷，确立其阶序和夜巡。

有些果实的白色果肉会在那时

散发毁灭性的甜美香气，伴着

违背一切秩序和原则的罪人，

将他们升至伟大被选之人的位置。

他们是慈悲之夜的君主

绝望的船长，无眠的执行者

去杀人仿佛是完成必要的仪式

神圣的惯例

为庆典的夜晚的烟所庇护。

杀人于是构成

更艰涩规则的一部分

戒律总和的一部分

它于我们十分陌生，我们知之甚少，

因为被打上天真者的贫弱标志

因为没有得到被选中的恩典

以居住在金属的领域中

那里无法命名的夜晚

只庇护和隐藏那些人：

在漫长的时间里

在持续一生的时间里

不停围攻讲坛的高台

和前往刑场的缓慢队列。

即便仅有一次，合该谈谈

杀手之夜，共谋之夜

因为它也进入我们时日的秩序

假装否认其力量是无用的。

葡萄赞

我歌唱葡萄,它的五角叶
模仿人的手。
我颂扬它对庇佑自身的污泥
固守的忠诚。
我赞美它的见证:
它是柏拉图的同伴,欧玛尔·海亚姆[1]的姐妹,
科尔瓦多花园的主人
那里的伍麦叶王朝崇尚代数与生命。
我呼吁对葡萄的无尽致意,
我们的血、我们骨骼的矿物存续
都亏欠它,地下温顺的腐泥。
那里我们再次遇见它

1　欧玛尔·海亚姆(Omar Khayam, 1048—1131),波斯诗人、天文学家、数学家。

从它的根系重获新生

借着阳光和植物智慧的蜜,

在葡萄的果肉中

活过转瞬即逝的永恒一刻。

我宣请人们对葡萄的热烈喜爱,

他们亏欠着它歌与战,

祷告与知识的缓慢痛苦。

就这样吧。[1]

---

[1] "就这样吧"(Así sea),一般在请愿或祷告的最后,表示希望所求能够实现。

约定

致欧拉里奥和拉斐拉[1]

萨拉曼卡的路上。夏日

在卡斯蒂利亚洒下炽烈的光。

大巴车故障待修,

在一个我已忘记名字的小镇。

我走入小巷,那里酷热的寂阒

将时间消融尘埃中,它们被惊起,

以驯顺的稳重穿过空气。

客栈的鹅卵石廊道

以荫凉邀我前去

它的梁拱下避难。我走进。大厅空荡,

小花园无人,它的凉意

从喷泉的石碗延伸至房间

---

[1] 欧拉里奥・费雷尔・罗德里格斯(Eulalio Ferrer Rodríguez, 1920—2009),流亡墨西哥的西班牙作家、出版商。拉斐拉是他的妻子。

稀薄的昏暗中。沿着狭窄的过道

我来到一个破旧的庭院,

它将我带回驿站马车的时代。

泥土地面上立着

曾经水井的护栏。

突然,在寂静中,

在夏日纯净的光芒下

我看见他看护他的武器,心不在焉地沉思,

悲伤的眼中视线盯向

那个闯入者,步伐未经测量,

已从那些"印度"——他只模糊听说的地方

——来到他身边。

一路上,当我们穿过农田,

我一直在回忆,重述他们的事迹。

它如此鲜活,近在咫尺,

现在,我遇到它,并觉得

这是一个约定,

由这个悲伤骑士

在多年无止的热诚中

以仔细的耐心策划而成,为他的教诲

应持久如人类存续的时间,

为他的守护,其不可思议的壮举

散诗

是我们每日的面包。

我不该打断他痛苦的守望,

在这因人类的不幸疏忽

而破损的井中。我退出。再次走过

这个卡斯蒂利亚小镇的巷子

没有将这一际遇告知任何人。

一个小时后我们将到达阿尔瓦德托梅斯。

西班牙是如何盛下

这么多支撑着我们生命之悲凉坚持的焦躁浆液,

这么多顽固的血,听从

杜尔西内亚[1]的败北爱慕者的教诲,去爱与死?

---

[1] 堂吉诃德想象中所爱慕的贵族女子。

万物自然史

有的物体永远不会旅行。它们一直如此，不被遗忘，不受制于使用与时间的艰辛。它们停在虚无与习惯交织的平行时刻所构成的永恒中。这种独特条件使它们置身于生活的潮汐和高热之外。它们不会被怀疑或恐惧拜访，看守它们的植被不过是它们徒劳存续的微弱痕迹。

——阿尔瓦罗·穆蒂斯《商队驿站》

万物在白天沉睡。夜晚

消融，且往往不再回来。

一些事物窃取了特权，

向我们展示木头、物体、墙壁、

标志、瓦砾、玻璃、石头。

这些幻妄的角色

发明了一连串图像，

读者即将看到。

我并不羡慕它们。它们知道得太多。

因为万物并非人类脚步的

痕迹或标志。

从人身上，事物不过得到

最初的动力，这微弱的

初始能量引导它们

进入概念的纯净迷宫。

万物自行存续，

逐渐失去其上

与我们相关的痕迹，

最终安顿在自身的存在里，

在维持它们的光润的水中。

除了我们一贯的笨拙，还有什么

能假装万物

有重量，并且受制于

固守蠢见的

不变的物理学？

没有了。我们已经知道。万物走了另一条路，

在只有它们知晓的十字路口，

那些虚无的淘金者在等待它们：

凝滞时间的摄影师。

它们在那里。现在我开始

摆脱其事业。它们在旅程中

敢于远走。万物早已

离开我们，前往其他领域

并在那里彰显它们特殊的存续。

它们已背弃我们，现在，

我们是唯一的残垣，

没有命运的无声之物。

疲于给万物安排一个

不属于它们的地方，

这并没有用。

读者：训导你的记忆力，

浏览这些影像。它们不再

受你支配，永远不会回到你身边，

或为你隐瞒任何秘密。

回归虚无的是你。

矿底的木质长椅。

脏污的外衣和马甲。

惊诧赤裸的人体模特。

垃圾的无辜变化。

竖向天空的电缆。

床和鱼。

精致的帽子。

背景中有暴风雨的苦仙人掌

和石膏的猪。

火箭与砍伐的习惯。

永远无主的

游泳者的腐旧性欲。

阳光下的酒囊。

水手忘记的

斯科特剂[1]里的鳕鱼。

被遗忘的无用花园。

冰和它的葬礼片段。

这个角落的歌,

它的色彩比生命更顽强且显眼。

木材和基本的树疖。

逃离折磨的那位基督。

蜡像莫测的愚蠢。

墙壁,又是墙壁,

从未存在之事的面孔,

破损墙面的画布

墙倒塌得不可思议。

吹过的风或凝滞的空气

还有许多其他事物,我将命名,

它们却逃开词语,然而,

它们在那里,夜间醒着,

由细小的星座看护。

---

[1] 斯科特剂(Emulsión de Scott),一种含有鳕鱼鱼肝油的维生素补充剂。

它们在那里。井然有序地在那里。

好好看看它们：也许我们就能

从准备进入的死亡中赢取一瞬。

雨的来访

雨
如是发生。

————奥雷利奥·阿图罗[1]

雨突如其来,安顿它的军队,丝与梦的细致战士。
它在屋顶欢快跳动,喧闹着匆匆流过排水管;
旅途中开始水的庆典,建立其短暂的统治,
将我们亲手带到似乎已被时间永远掩埋的区域:
那里等待我们的是
童年的发热,
无尽的秋天午后缓慢的康复,
应许的无限的爱,
家庭的哀痛,
田野里潮湿的葬礼,
被涨潮冲走的高架桥前停下的火车,
车厢里昆虫嗡鸣,黎明在那里撞上我们,

---

[1] 奥雷利奥·阿图罗·马丁内斯(Aurelio Arturo Martínez, 1906—1974),哥伦比亚诗人、翻译家。

那些故事，关于贪婪的海盗、被悄然斩首的马来人、前往极地的旅行、毁灭的风暴和幸运的岛屿；

我们的父辈，年轻，比我们现在年轻得多，

被雨拯救，从它永恒的棕色灰烬，

沉默的矿物劳作中，

并迸发笑声与青春的姿态。

雨是多美好的祝福，它惊喜的恩赐是多么纯净的奇迹

防止我们陷入遗忘与没有记忆的日常。

带着这般的透明喜悦，我们安居在它植被华盖的王国中

构建无比的顺从去听它间歇地沉默，离开又瞬间回归，

直到它将我们弃置在涤静的寂阒中，在新落成的氛围里，

这氛围侵入当下，以它败北的浊物、苍白信念的行伍、容不下希望的习俗。

让我们永远记住雨的这次来访。闭上眼睛，试着回想它的喧嚣

并再次见证其军队的胜利，

它们在一瞬间，战胜了死亡。

诅咒聪明人的歌谣

聪明人从那经过。

总是匆忙、警觉,

嗅闻每一丝机会,好大展身手

突显他的才华,他的把戏,

他看似无限的灵巧。

他们来来往往,会面,争论,离去。

带着全新的力量微笑返回。

他们自认为成功说服,

再次微笑,把手放在

我们肩上,保护我们,奉承我们,

殷勤展开承诺的折扇,

又像来时一样消失,

带着心满意足的无辜的光彩,

这光彩让他们远远就被看见。

他们永远不能接受没有人被说服。

因为他们穿过生活

却什么都看不到，

什么都听不到，

没有任何疑虑或困惑。

他们的笃定湮灭了自身。

但，反过来，他们的受害者

也常常遗忘他们，在记忆中弄混

他们和其他聪明人，他们的兄弟姐妹，

都如此相像，如此匆忙，

试图在光天化日之下隐藏

作为心脏驱动他们的

微弱旋风。

所有小心，所有谨慎，

于他们毫无价值

也没有用处。

他们短暂的事业，最终，

没能对我们造成任何伤害。

我向你们保证，聪明人，是无害的。

更重要的是，我想知道

聪明人死后会去哪里，

我怀疑是否灵泊

也不是为了收容他们,

抚慰他们,让他们反思,

借着高处定下的永恒,

思考他们无害狡诈的细枝末节。

为了更好的目标,

让我们忽略这些聪明人,任他们

游走在我们的事务

以及天然的同情心的边缘。

山上宝训并未提及聪明人。

主的这个警告对我们已经足够。

龙舌兰的赞歌与标志

致玛丽亚和胡安·帕洛玛尔[1]

龙舌兰是苍白的火焰,穿过墙壁

飞越屋顶,如绝望中的解脱。

龙舌兰不适合水手,

因为它模糊了仪表盘,

不听从风的沉默指令。

但是,对于乘火车出行或驾驶机车的人而言

龙舌兰是种享受,因为它忠诚可靠,

昏沉在铁轨平行的谵妄

和车站短暂的迎接中,

那里列车停下来见证

它不可捉摸的流浪命运。

有些树荫下可以愉快啜饮龙舌兰

---

[1] 胡安·帕洛玛尔(Juan Palomar, 1931—),西班牙语语言学家,1957 年后长居墨西哥。

以风中布道者的节制,

而另一些树下，龙舌兰无法承受那阴影,

后者黯淡它的力量，枝杈间摇曳着

蓝色的花，像毒药瓶的颜色。

当龙舌兰挥舞着锯齿边的旗帜,

战斗停止，军队恢复

曾提议施行的秩序。

两个侍从常陪伴它：盐和柠檬。

但它随时准备进入对话,

独以它光润的透明。

原则上，龙舌兰不分国界。

但也有适宜的气候

就像有属于它的绝佳时刻：

夜晚到来，支起它的帐篷,

在无拘无束的中天星光下,

在疑问和困惑的最深黑暗中。

这时，龙舌兰给我们抚慰的训诫,

它确切的欢愉，毫无保留的宽厚。

还有佳肴要求它到场,

由见证它生长的土地奉上。

难以想象它们在千年的稳固中没有情同手足。

违反这一协议将严重触犯

缓解生活艰巨任务的教条。

如果"杜松子酒笑得像个死去的女孩",

龙舌兰则以它审慎哨兵般的绿眼睛注视我们。

龙舌兰没有史话,没有

证明其来源的轶事。自时间之始

就是如此,因为它是众神的恩典,

而神在赐予时并不编故事。

编故事的是凡人,恐惧与习俗的子民。

龙舌兰就是这样,它必须如此陪伴我们

直至无人回归的寂静。

赞美它,直到我们日子的尽头,

赞美它每日勤勉地抵挡这一终点。

与马里奥·卢齐相遇

致玛尔塔和大卫[1]

佛罗伦萨一家餐厅里,

朋友间,借着

托斯卡纳的粗酒,

我听着他

缓慢而智慧的话语,他的目光

淌出一种宽厚的温顺,

那属于一种人:

他们知晓如何

从经典的丰盛浆液中汲取营养

并从人的失败与

同等的短暂胜利中

衡量人类,

---

[1] 马里奥·卢齐(Mario Luzi, 1914—2005),意大利诗人。题献中的"玛尔塔"应指玛尔塔·坎菲尔德(Martha L. Canfield, 1949—),生于乌拉圭的意大利裔作家,也是穆蒂斯的意大利语译者和研究者。

这帮助他们评判

帝国与共和国的倾颓,

它们组成这片土地的历史,

那里众神继续守护。

听着马里奥·卢齐说话

我进入一种秩序,

它拒绝这些年来的阴暗苦难,

当人放任他的灵魂

迷失无望地游荡在"古拉格"

和超市之间。

我想告诉他这短暂相遇

对我的意义,

它是一个信号,

向我们确认希望仍存,

我们曾以为它永远消失在了

新的部落的纷乱中,

它毫无怒气或怜悯,

只有理有据地拖曳我们。

我什么也没说成,默默地

倾身向他言语中的节制沉稳,

维吉尔的太阳照拂着它们。

1994 年 5 月于墨西哥

阿米尔巴尔

（瞭望员的祈求）

阿米尔巴尔，你有我在此掘地三尺，

仿佛一个寻找转变之镜的人，

你有我在此，离你遥远，

你的声音如同对广袤咸涩水域的秩序的呼唤，

对不离不弃陪伴尾波的、毫无保留的真理的呼唤。

为那些将船头沉入深渊又浮出水面，一次次经受考验的船只，

最后，破烂不堪地进入风暴后的平静，松散的货物在船舱中砰砰作响；

为机械师喉中生出的恐惧与疲倦的结，他只通过海水盲目冲向悲伤作响的船舷才得以认识大海；

为风在吊车悬索上的歌；

为星座的广袤寂静，标记着罗盘多次重申的精确航线；

为那些夜里第三班站岗、低声唱着遗忘和悲伤的歌以驱

赶睡意的人；

为石鸻的飞越，它们以有序的规整阵型远离海岸，发出喊叫以安慰在崖边等待的幼崽；

为我在马达班海湾[1]忍受的无尽炎热与疲倦，因为磁力发电机烧坏了，只能等待海岸警卫队将我们拖走；

为船长做完祷告并向麦加方向忏悔鞠躬时笼罩的寂静；

为我曾是的瞭望员，几乎还是孩子，望着从未出现的岛屿，

报告那些紧急转变航向时四散而逃的鱼群，

哀哭我再也见不到的初恋，

忍受水手用世上所有语言开野蛮的玩笑；

为我忠于航行的不成文规则，不论天气或船只的名望如何；

为所有已不再同我们一起的人；

为那些忍受颠簸时落海，直至长眠在珊瑚丛和无眼的鱼群之间的人；

为那些被海浪卷走，下落不明的人；

为试图将缆绳固定在侧支索上而失去一只手的人；

为梦着一个另有所属的女性的人，当他用铅丹涂盖船体的锈斑；

---

[1] 又译"莫塔马""马都八"，位于缅甸。

为启程前往阿拉斯加的西沃德，却被漂浮的冰山送入海底的人们；

为我的朋友阿卜杜尔·巴舒尔，终其一生梦想着一艘船，但没有任何一艘他的船能让他得偿所愿；

为那个爬上桅杆的人，一边检查绝缘体一边与海鸥交谈，大笑并向它们提议疯狂的路线；

为看守船只的人，在船上独眠，等待身穿礼服的登船者；

为向我忏悔的人，他在陆地上一心想着残忍肆意的罪行，一旦上船却生出一种为同胞行善并宽恕其罪行的渴望；

为那个在船尾钉上最后一个字母，将船重新命名为"Czesznyaw"的人；

为那个认为女性比男人更懂得航行，但男性自古以来却嫉妒地将之隐藏的人；

为那些在吊床上轻声呼唤山脉和谷地的名字，登陆时却认不出它们的人；

为那些最后一次航行的船只，它们自己并不知晓，但木构件已发出悲切的吱嘎声；

为那艘进入惠特霍恩[1]海湾的帆船，再也没有出航，永远泊在那里；

---

[1] Whithorn，位于苏格兰。

为冯·肖尔蒂茨船长,他混着啤酒和香槟,将我的朋友画家阿莱杭德罗灌醉了一个星期;

为那个知道自己得了麻风病,从甲板一跃而下被螺旋桨撕碎的人;

为那个每次醉倒在肮脏的酒馆地板上,都会说出"我不是本地人,我跟谁都不像"的人;

为那些从不知道我的名字,却与我分享了数个小时的恐惧的人,我们一起漂流到彭兰德海峡的岩礁并被一阵风拯救;

为所有正在航行的人;

为那些现在到达港口却不知有什么在等待的人;

为所有在海上生活、受苦、流泪、歌唱、爱与死的人;

为这一切,阿米尔巴尔,平息你的痛苦,请不要以伤害我为乐。

看向我所在的地方,仁慈地离开我时日的不幸,让我从这黑暗之事中出来。

很快我将回归你的主宰,并再次服从你的命令。海的王子[1],阿米尔巴尔,阿尔米兰特,愿你的声音悦纳我。

阿门。

---

[1] 原文"El Amir Bahr"是阿拉伯语转写,意为"海的王子"。

乱剑一般

对斯特凡·马拉美[1]的小小致敬

乱剑一般,

光穿过田野。

影子的岛屿逐渐消失

徒劳试图在更远处偷生。

那里,正午的光辉再次

追上它们,安置军队,

确立其统治。

人类对这无声的战斗一无所知。

他对阴影的追求,遗忘的习惯,

他的常性,简而言之,他的苦难,

让他无法享受那意外的庆典,

它由那些身在高处,

---

[1] 斯特凡·马拉美(Stéphane Mallarmé, 1842—1898),法国诗人,早期象征主义诗歌的代表作家之一。

投下无声骰子的人任性策划，

而其读数我们永远不会知晓。

与此同时，智者宣扬顺从。

只有众神知道，这无定的美德

是想避免偶然性的另一次徒劳尝试。

如果你听到水流声

如果你听到沟渠里的水流声，

它温和的梦在昏暗与苔藓间穿行，

伴着徘徊在植被影子间的某物

低沉的声响。

如果你有幸留存那一刻，

有蕨类植物持续的颤动，

与绵延的稳固水道中

翻滚的惊异淤泥。

如果你有鹅卵石般的耐心，

它沉默的声音，圆润的灰色语调，

如果你等待直到光线进入，

你最好知道在那里你将被呼唤，

以未曾被叫出的名字。

那里可能向你显露

世上所有艰深的谐音,

但仅此一次。

也许,你能解译它吗,

在永远流逝不复回的淙淙水声中?

我有时觉得……

致阿莱杭德罗·罗西[1]

我有时觉得,是时候闭嘴了。

放开词语,

用尽所有弦音的

可怜的词语,

一次次被摧残

直到失去

初衷的

最后一丝痕迹:

命名事物,众生,

风景,河流,

和人们的短暂激情,

他们骑在

---

[1] 阿莱杭德罗·罗西(Alejandro Francisco Rossi Guerrero, 1932—2009),拉美作家,意大利与委内瑞拉混血,长期定居墨西哥。

以虚荣装饰的骏马上,

直至收到

坟墓简洁且无可辩驳的教训。

总是如此,

损耗词语

以致无法用它祈祷,

或描述他们的欲望,

在梦的狭隘空间里,

他们乞讨的梦,

比记忆临死的徒劳喘息

更适合怜悯与遗忘。

词语,最终,

落入无底洞,

自负的演说家,

贪图由阴影和不幸

组成的权力,

会去那里找它们。

沉入寂静,

淹没在停滞的沟渠

平静的水域中,

水道屈从于

藤蔓怡然的安宁、

根系难察的搏动;

诗必须,兰波曾说,

栖居在寂静里,

那已是唯一的可能,

建在深渊,

其中一切被命名之物

都已长久失去

存续和炮制贫瘠谎言的

哪怕一丝机会,

这谎言编织在词语稀疏的网中,

后者不断旋转在虚空里,

而人类的愚蠢活计

在那里消失。

我有时觉得,是时候闭嘴了,

但寂静或许是

过高的奖赏,

我自认仍未赢得的

不可言传的恩典。